eu sou eles

Francisco Azevedo

eu sou eles

1ª edição

EDITORA RECORD
RIO DE JANEIRO • SÃO PAULO
2018

CIP-BRASIL. CATALOGAÇÃO NA PUBLICAÇÃO
SINDICATO NACIONAL DOS EDITORES DE LIVROS, RJ

Azevedo, Francisco

A987e   Eu sou eles: fragmentos / Francisco Azevedo. – 1ª ed. – Rio de Janeiro: Record, 2018.

ISBN 978-85-01-11553-9

1. Ficção brasileira. I. Título.

CDD: 869.3

18-50973   CDU: 82-3(81)

Meri Gleice Rodrigues de Souza – Bibliotecária –CRB-7/6439

Copyright © Francisco Azevedo, 2018

Design de capa e aberturas dos capítulos: Victor Burton e Anderson Junqueira

Imagens de capa: Molduras: Africa Studio/Shutterstock | Flores: Decorações de caminhão. Autor anônimo, Buenos Aires | Rosto de homem: Peter Vahlersvik/iStock | Balões: TakePhoto/ Shutterstock | Máquina de escrever: patat / Shutterstock | Arroz: GitaKulinitch Studio/ Shutterstock | Olho azul: HQuality/Shutterstock | Maçaneta: brizmaker/Shutterstock | Pedestres: MikeDotta/Shutterstock | Portas: Jaim Simões Oliveira/GettyImages; Céu com nuvem: Victor Burton | Paul Cézanne, *Natureza-morta com maças e um pote de prímulas*, óleo sobre tela, c. 1890: Everett – Art/Shutterstock | Casal: conrado/Shutterstock | Crianças com pipa: VasilyevAlexandr/Shutterstock | Mesa de cabeceira com abajur: Nielskliim/ Shutterstock | Cadeiras: Suti Stock Photo/Shutterstock

Texto revisado segundo o novo Acordo Ortográfico da Língua Portuguesa.

Direitos exclusivos desta edição reservados pela
EDITORA RECORD LTDA.
Rua Argentina, 171 – Rio de Janeiro, RJ – 20921-380 – Tel.: (21) 2585-2000.

Impresso no Brasil

ISBN 978-85-01-11553-9

ASSOCIAÇÃO BRASILEIRA DE DIREITOS REPROGRÁFICOS
CÓPIA NÃO AUTORIZADA É CRIME
RESPEITE O DIREITO AUTORAL
EDITORA AFILIADA

Seja um leitor preferencial Record.
Cadastre-se em www.record.com.br
e receba informações sobre nossos
lançamentos e nossas promoções.

Atendimento e venda direta ao leitor:
mdireto@record.com.br ou (21) 2585-2002.

Para Edvane

Vida a dois com quem é muitos:
ela compreendeu a equação perfeitamente
e ainda me ajudou a resolvê-la.

Sumário

ESTES SE AQUIETAM (sinal de maturidade?)

ESTES CISMAM (e adianta?)

ESTES FALAM (para as paredes?)

ESTES SE MOVIMENTAM (cada um do seu jeito?)

ESTES LEMBRAM (é o que resta?)

Eu sou eles

Íntimos, entram no meu quarto sem avisar. De madrugada, como quase sempre acontece. Só que desta vez vêm todos juntos, desordenadamente. Ignoram tempo e espaço, misturam enredos, tramas, histórias! Transmudam todos os gêneros!

É quando, no caos, acendo a luz da cabeceira. Sonolento, me esforço para entender o que se passa. Ajeito o travesseiro e me recosto na cama, esfrego, abro bem os olhos e espero. Inspiração, pesadelo ou o quê?

Às claras, eles se fortalecem, cercam-me por todos os lados, falam alto. Entusiasmados, em uníssono, repetem ainda mais contundentes: Nada de gêneros! Nada de romance, conto, crônica, poesia ou fábula separados! Nada de teatro sozinho lá no palco! De cinema só grudado lá na tela! Brincadeira coisa nenhuma, a conversa é para valer, insistem.

Mal posso acreditar. Como é possível? Antonio, tia Palma, José Custódio, Maria Romana e todos os seus! Gabriela, o avô Gregório, tia Letícia, as meninas do casarão e até Gabito! Chegam ainda Cosme, Amanda, Estevão e os moradores das casas geminadas! Fugiram todos das páginas dos romances e foram ao encontro de seus companheiros de teatro e de cinema. Para quê? Pedir apoio para o pleito que me fazem agora reunidos.

Às três da manhã?! Enlouqueceram?! Quero é dormir!

Isadora e Maria, unha e carne como sempre, acham graça. Yumi, Massao e Luiz, coração na boca, vêm me dizer que ansiavam por este momento. Gonçalo, Anaïs, Henry, o Velho e os demais não me deixam apagar a luz, prometem se comportar, porque o que têm a dizer é mesmo sério. Davi, a mulher, o motorista e o trocador avalizam o discurso. Ponto final.

Tudo bem. Estou disposto a escutá-los, mas um de cada vez, e com alguma ordem, por favor. Concordam no ato porque a solução é rápida. Fração de segundo, o impensável acontece. Todos se fundem em um só personagem: eu diante de mim mesmo!

A voz? É a minha e é a deles! As emoções? São as minhas, as deles! Medos, anseios, alegrias, dúvidas, tudo nosso! Orgulhos, egoísmos, covardias, maldades, raivas, tudo em mim e tudo neles! Os desejos inconfessos, as sexualidades todas! Eu sou eles e eles sou eu! Neles, me vejo mil seres em um, mil vidas vividas ao mesmo tempo. Neles, me perco em quereres que não me dão sossego. O que resta de mim no meio de tantos? O que sobra para contar a meu respeito? E, ao fim, sem papel relevante, um figurino ao menos, como me apresento em público?

Fácil — ouço de imediato. É só arrancar os títulos originais, rebatizar outros, apagar referências, datas. Deixar que coração e cabeça me releiam jovem, maduro e velho — miscelânea de sentimentos sem disfarces. Revisitar ou reescrever antigos textos e deixar inéditos escaparem das gavetas. Trechos de peças que se transformam em contos. Parágrafos de romances que viram pequenas crônicas e até dedicatória. Poemas que se tornam fábulas, confissões, sinais de alerta. Ajustes, transplantes, transmutações. E, sobretudo, que eu assuma as falas atribuídas apenas a eles.

Respiro fundo. Penso e repenso. O que me pedem é prova que requer paciência e desapego. Mas assim será feito, prometo.

Agradecidos, eles me afagam, me beijam com um só coletivo beijo e, em silêncio, se vão todos.

Sem esforço, me levam pela mão — a que escrevo.

Espanto. A cama vazia. A luz ainda acesa e não me vejo.

Sem eles, sou ninguém.

Francisco Azevedo, janeiro de 2018

ESTES
AMAM
(excessivos?)

Nova York, 11 de julho de 1981

Se o encaixe foi perfeito e a cola era boa, resistir por quê? Os corpos grudaram feito chicletes mascados. Mais saliva que açúcar. Muito mais saliva. Impossível separá-los depois que foram à boca em macerada mistura, união tornada unidade.

Jovens de hoje

Jovens de qualquer tempo — anjos camicases, bichos sem coleira. Uma simples brecha para se aproximarem do amor que almejam é o quanto basta. Atiram-se na aventura movidos pela curiosidade, pelo excitamento do aprendizado a dois. Não medem consequências, porque o ato de amar é bem maior que o maior risco. Quando suas escolhas vão pela contramão do que é tido por certo, dão de ombros e seguem adiante. Para se defenderem, se põem à margem. E silenciam. Como revelar vontades secretas ainda que passageiras, desejos proibidos? Silenciam não tanto pela censura alheia, mas bem mais pelos quereres desencontrados.

Sim, os quereres desencontrados — de todos os que habitamos este temperamental planeta. Se, em um passe de mágica, os infinitos quereres coincidissem, nossas fantasias se manifestariam às claras. Livres, soltas, permitidas. Nos amaríamos uns aos outros sem culpas, e a humanidade cumpriria o seu propósito. Mas assim, do jeito que somos, há que se recorrer às guerras — individuais ou coletivas —, há que se inventar o pecado, há que se esconder o fato, há que se exibir a aparência — ancestral desacerto de nossa trágica incompletude.

Vem, menina

Tira a casca
Com a unha
Com o dente
Com a faca
Tira a casca, menina
Tira a casca

Levanta a crosta
Que esconde o miolo do saber
Lucidez é se expor ao ideal tido por louco
O resto
Menos que nada
É pouco

Vem comigo, menina
Tira a casca enquanto é tempo
E o tempo passa, leva, seca, raspa
Até deixar a alma em carne viva

E eu não quero isso para você
Anda, vem

Afinal

Quantas coisas nos foram ensinadas e a verdade depois não era nada daquilo? Quanto discurso convincente que logo adiante foi desmentido? Faça o que eu digo, mas não faça o que eu faço. Perdemos a conta dos tantos. Não era igual no tempo dos avós e ancestrais? Por que a vida apronta tanto? Por que une e desune, atrai e repele, junta e espalha, acaricia e agride, explica e confunde, tudo ao mesmo tempo? Por que nos induz ao erro, se nos cobra acertos? Por que nos oferece prazeres, se nos exige abstinência? Por que nos dá a pele, a carne, o tato — tão fáceis, de graça! —, se nos faz sofrer com emoções inexplicáveis, sentimentos contraditórios? Por que, com requintes de maldade, nos tranca a alma a sete chaves e mil segredos, se nos faz crer que a felicidade está em libertá-la? Droga! Por que tanta violência contra os nossos corpos, hein? Responde! Quem determina o que pode ou não pode ser feito? Quem manda no amor? Deus, as religiões? A lei, os juízes? Os pais, a família, os vizinhos? Afinal, amor é bênção ou maldição?

O lobo e o carneiro

O lobo e o carneiro passaram o dia inteiro na cama. E ninguém foi lá dizer que lugar de lobo é na floresta — uivando e amedrontando — e que carneiro tem de andar com carneiro — ou com ovelha, sei lá. Que lobo é mau-caráter, de família não idônea e que, portanto, não é companhia para carneiro, ainda mais aquele carneiro, de rebanho renomado. Carneiro branco, filho, neto e bisneto de carneiros brancos (jamais se conhecera caso de ovelha negra naquele rebanho de reputação impecável).

Pois é, mas o lobo e o carneiro passaram o dia inteiro na cama, numa conversa interminável, sintonia de fazer inveja a qualquer ser humano. E não houve ninguém que fosse lá dizer que alcateia é malta e rebanho é legião. Ninguém jogou pedra na janela, nem ousou querer expulsá-los do lugar, porque o Amor, que deveria voltar, voltara e já estava ali com eles. Quem tinha pedras nas mãos envergonhou-se, quem pensou encará-los baixou os olhos e saiu de costas.

Era o início do Paraíso, do mundo renascido. Assim, livres de qualquer peso ou culpa, o lobo e o carneiro, apesar de todos os seus antepassados e antecedentes, puderam juntos ser felizes.

Primeiro amor

Vitoriosa e atrevida inexperiência. Depois do embate, os dois se dão abraço apertado e se demoram nos beijos — duas crianças grandes que se saciam de apaixonado afeto. Aninham-se um no outro, deixam-se estar assim por longo tempo, quietos.

Súbito, caem em sono profundo. Alívio dos céus? Talvez, Adão e Eva numa infância inventada. Ou na adolescência que não tiveram. Adão e Eva nascidos da carne e não do barro ou da costela. Dispostos, sim, a criar nova humanidade.

Meu centro do universo

Pare de dizer que somos menos que poeira, que a Terra é minúscula e o Sol é estrela mínima se comparada a outras, e que nossa Via Láctea é tão insignificante!

Qual fita métrica se ajusta ao que vai por aí afora e não se vê? Se o infinito transcende medidas e na eternidade o tempo não conta, estamos desmesuradamente inseridos nesta aventura humana, intemporais e pronto!

A certeza que me anima? Sem seu tamanho amor e meu amor tamanho, nada disso importa um tico.

Lembrança antiga

Havia um Mozart, que tocava apaixonadamente, e havia o desejo incontido de lhe beijar a boca e me deitar sobre aquele meu corpo dele, porque nele ou em mim tudo era nosso.

Aos vinte anos

Ame as pessoas enquanto estão perto de você. Tal como as coisas e os lugares, ame as pessoas enquanto estão perto de você. Procure, veja, pegue, sinta, usufrua, plenamente.

Não fique aí pensando como seria se as amasse. Todas estão lá pensando como seria se o amassem.

O momento verdadeiro, o único, o válido, é o sumo da laranja espremida. A felicidade é o sabor do sumo provado. Bebido. Sentimento exprimido. Experiência vivida, constatada, sabida.

Ame as pessoas enquanto estão perto de você. E deixe e abandone e esqueça e sofra plenamente. Amanhã, essas pessoas estarão longe dos seus sentidos. E você chegará à triste conclusão de que terá morrido um pouco se não as tiver vivido.

Cabra-cega

Roda roda roda
Menino com venda nos olhos
Roda roda roda
Vai pegar quem te vendou
Vai pegar quem te rodou
Vai pegar quem faz pouco de ti
E que tanto ri
Te vendo assim cego
Braços abertos
Correndo atrás dos amigos
De qualquer amigo
Que te tire do escuro.

Apto. 2001 (uma odisseia no terraço)

Gênio
Te vejo no próximo milênio!
Na boca
Oca
A língua
À míngua
Não fala mal de ninguém
Não fala mais de ninguém
Ela quer o bem
Ela quer o cem
E enquanto o céu não vem
Giro a língua
Na tua boca
Tiro o cem
E vou além
Com o tiro
Que miro
No alvo preto
No branco negro
Da alma.
Calma
O voo é por um triz!

Gangorra

Todos queremos voar. Mas a força da gravidade nos atrai para baixo. A força da gravidade. Estamos irremediavelmente divididos entre o voo da alma e o peso do corpo. E ainda que, pela ciência, consigamos romper as barreiras do som e da luz, ainda que cheguemos a passear pelo espaço sem gravidade, de nada nos irão valer estas conquistas. Nossa alma continuará fatalmente presa ao peso do nosso corpo, numa gangorra de equilíbrio precário e desigual.

Gangorra — vida, brinquedo, brincadeira em que a alma por absurdo fica sempre no alto, mas de castigo. É, meu corpo me deixa a alma assim: no alto, mas de castigo. Só quando ele deixa e dá impulso é que minha alma se solta e põe os pés no chão. O balanço é sempre ele com seu peso que determina. E minha alma, sopro divino, se contenta com este parceiro desmedido. Brutamontes que ama a seu jeito — um jeito primitivo e bestial. Por isso, meu corpo só é livre quando se desapega. E minha alma só se liberta quando desce à Terra.

Amém

Homem de barro
Mulher de costela
Quem foi que disse?
Onde começa o amor dessa peça?
Vai, examina

Quando a paixão desencadeia
Não é ele
Nem ela
É elo

E os corpos grudam
Um no outro
Fatalmente

Viu como é simples?

O gozo é eterno
Sem peso nem forma
E viverá para sempre

Apesar de todos os céticos
Dos céticos
Amém.

A cama e o travesseiro

A cama desfeita me lembra sexo. A mente só pede corpos perfeitos, quentes e depravados. O resto não existe.

Como se há muito não o visse, corro para o travesseiro, que me é todo um dorso, e depois um rosto, e um peito que respira, sem pernas, braços ou pescoço. Um bloco de carne macia como pano, um pedaço de corpo por inteiro. Fico com o meu travesseiro, dizendo sem medo que o amo. Ficamos assim num abraço apertado de amigos. Onde estão a língua, a saliva? Onde está o pau do meu travesseiro? Meu travesseiro dorme de bruços o sono dos justos. Então, de uma de suas costelas, faço a cama — linda e sensual!

A cama... Que é toda um ventre que nos põe em posições de feto, de filho e de amante. Comi a minha cama. Sangrei-a e a engravidei de fantasias sórdidas, de sonhos puros e infantis...

A cama e o travesseiro. Seres perfeitos, que se entregam plenos a qualquer um que chegue: homem, mulher, velho e criança. Pretos, brancos e amarelos. Doentes, sábios e ignorantes, monges e devassos — que importa? — gregos e troianos!

Amor e sexo. E depois, a paz, o sono. É aqui nestes quatro pontos cardeais que nasce o mundo inteiro. Eu, você, a cama, e o travesseiro. Meu mundo é retangular. Meu centro do universo é a cama. Daí em diante tudo é abismo. Tudo, mistério. Não há nada que o ser humano veja com nitidez fora dessas quatro linhas. Lugar algum onde navegue com segurança. A proteção verdadeira, o cuidado e o cafuné vivem no leito. E por mais que se conheçam, que se aventurem outros limites, o que se quer em vida, depois de nascer, é amar, descansar e morrer na cama.

Queria levar o mundo inteiro para a cama!

Corpo luz

O corpo
é vela que arde
e se esvai
em cada gesto

Mas não é a cera
nem a chama

É a luz
que do fogo gasto
emana.

A intimidade revelada

Tirar a máscara enfraquece, fragiliza. Dar-se a conhecer é difícil. As pessoas se sentem completamente nuas. Não a nudez de um corpo jovem e belo que quer se exibir. Não. Falo é dos corpos envergonhados que se escondem nos panos. A intimidade revelada mereceria o respeito a um corpo feio e velho que se despe.

Humanos caracóis

Meio da noite, meio de mim. Alguém chega e me fala: Somos os misteriosos seres ditos humanos — porque inventamos a palavra para assim nos batizar: humanos. Bichos assustados, temos o mau hábito de nos trancar em nossas casas e, por medo maior, o estranho dom de nos esconder no próprio corpo ainda que estejamos nus. Quem ousa se revelar por inteiro tendo se conhecido no pior de si mesmo? Por instinto de sobrevivência, somos todos caracóis. Vamos nos arrastando lenta e diuturnamente, carregando nossas bagagens secretas. Peso inútil. Até o fim. Tão bom seria, em dia abençoado, nos livrarmos dos velhos baús! Sem temor e sem defesa alguma, diríamos tudo ao outro e, com paciência zen, ouviríamos tudo do outro — as verdades mais sombrias vindo à tona — e, então, sem pôr em balança o certo e o errado, nos absolveríamos reciprocamente com desmedida generosidade, sem cobranças ou penitências. Céus, que alívio nos daríamos! Amores desalgemados, ninguém mais inconfesso a sete chaves. Anda, vem. Vamos sacudir nossos lençóis. Nos revirar, nos traduzir, nos decifrar. Vem, me abraça, me beija, me adentra. É para isso que estamos aqui. Nosso tempo é precioso e nossa carne é nosso ímã: atrai ou repele. Vem, que estamos do lado certo que chama. Grudados e imantados, seremos vários, seremos um. E juntos nos libertaremos. Anda, vem. A verdade está tão perto...

Carne de primeira

Coisa boa
ter seu corpo
à mão
pegá-lo
e não pedir licença.

Sem você por perto
me frito
me viro
e reviro na cama
feito bife passado
na frigideira.

Tatos

Quando se toca um corpo com desejo, o tato é outro. O corpo que se toca é o instrumento, e o prazer de quem toca é dar gozo infindo a esse corpo que é tocado. É entender as pausas, se deliciar com os sons, os tons... O silêncio após o êxtase.

Quando o corpo por desejo se deixa tocar, o tato é outro. Impossível saber se maior prazer é de quem toca e tem a posse ou de quem, em desprotegida entrega, confia e se doa por inteiro.

Reconciliação

Poderia pedir que você viesse me dar um forte e demorado abraço, e me perdoasse. Mas não. Por enquanto, não vamos nos pegar, mesmo estando ao alcance. Vamos nos ver apenas como se fôssemos aparições. Não é assim que todos nos apresentamos a maior parte do tempo? Na rua, não somos imateriais? Se por acaso esbarramos em alguém, logo pedimos desculpas. Porque, para os estranhos, nossos corpos foram feitos para serem vistos, não para serem tocados. Tato é coisa séria. Extremamente séria. Do aperto de mão ao abraço, do beijo no rosto ao beijo na boca. Das carícias ao gozo. Quantas regras, quantas proibições para o tato! A atração pelo outro... Quero tanto sentir seu corpo! A aversão pelo outro... Não ponha suas mãos em mim! São nossas emoções que comandam o tato. Elas decidem se é hora da distância, do afago ou do tapa. Por isso, por enquanto, não vamos nos pegar. Vamos nos ver apenas. Porque o que os olhos veem, o coração sente. E meu corpo precisa saber e sentir o que ele perdeu estando longe de você, o que ele perdeu tendo se tornado estranho e inacessível.

Pois é

Não era esse o roteiro original. Ela iria saber a verdade, mas não assim. Falam ao mesmo tempo que se amam mais que tudo na vida. Ele diz que ela é a luz, a felicidade, o orgulho dele... Mistura as palavras, embaralha as frases, engasga-se no choro. E ela só faz repetir, eu sei, eu sei, eu sei... E vão continuar se amando muito. Sempre? Sempre. Promete? Ela promete agarrada a ele, porque não quer perdê-lo por nada deste mundo. Nada, entende? Ele entende, e como. Os dois se abraçam e se beijam e se olham nos olhos e se tornam a abraçar. Comovidos, acabam rindo ao mesmo tempo, porque a verdade tão temida entrou desavisada por uma brecha de luz e se expandiu a perder de vista. A verdade tão temida chegou assim, em hora oportuna, feito pássaro que pousa perto e assombra pela súbita beleza.

Ao léu, ao céu

Somos afinal a mesma folha de papel. Misturados na mesma consistência e limitados pelas mesmas margens. Somos afinal a mesma folha de papel, que um dia a mão da sorte pretendeu desunir, sem saber que, ao nos rasgar, nos reproduzia inteiros, incólumes, aos pedaços.

Que sopre o vento, que nos leve embora, não importa. Seremos sempre a mesma folha de papel. Pelo tempo afora. Ao léu, ao céu.

ESTES
SE
AQUIETAM
*(sinal de
maturidade?)*

Fôlego

Você conhece muito bem o peso de ser você mesmo o tempo todo, a vida inteira. O peso de se sentir impotente diante de quase tudo o que acontece à sua volta e do que se passa mundo afora.

Você também sabe o que é ter de acordar todos os dias para fazer algo que dê sentido à sua existência, apesar de tudo.

É preciso fazer algo o tempo todo, a vida inteira. Algo que, mais cedo ou mais tarde, será esquecido. Não importa. Esse algo, por menor que seja, por pior que seja, é que lhe dá fôlego para abrir os olhos de manhã, seguir adiante, perseverar no sonho.

Seus escritos

Cheiram a bicho — um cheiro forte. O branco do papel é tão sujo, é tão encardido, que nem água sanitária tira.

Um dia, ele pegou tudo que é folha, que é bloco, que é caderno, e jogou na bacia para lavar. E lavou tudo. E enxaguou. E deixou corar ao sol, no anil de um céu pesado e quente.

Depois, não torceu feito roupa. Porque roupa a gente torce e ela não sente. O papel, se torcer, ele quebra, ele sofre. É preciso deixá-lo escorrer, pingar até a última gota.

Foi muito bonito ver... A papelada toda estendida no varal como se fosse roupa de baixo, suas intimidades e segredos revelados, suas obscenidades expostas à pichação da casta, pura e imaculada vizinhança.

Ah, as camas!

Sempre disponíveis e acolhedoras. Nelas, deixamos nossos cansaços e procuramos proteção como crianças que correm para o colo materno. Nelas, encolhidos e carentes, enfrentamos nossos fantasmas e embarcamos em nossas fantasias, nos digladiamos com nossas crenças e ajustamos nossas contas cotidianas. São elas a continuação simbólica de nosso corpo, a projeção de nossas almas. Portanto, sem censura e sem pudor, o que passamos com nossas camas em segredo interfere no humor e no desempenho do dia seguinte. Noites bem-dormidas, noites de insônia, noites de paz, noites de horror: nossas camas estarão sempre conosco, respirando no mesmo compasso cardíaco. É preciso lhes ouvir o batimento. A ele, estar atento. As camas somos nós.

Purificação

Cedo aprendi que o corpo conhece várias maneiras de se purificar. As fezes, a urina, a menstruação, o vômito, as espinhas, o esperma, a coriza e o suor, tudo nos purifica. O que o corpo põe para fora é sinal de purificação. Assim, as lágrimas seriam a forma mais elevada de nos purificarmos. E o nascimento de uma criança, a mais completa.

Tudo tem limite

Não leio mais
do que a vista pede
Não escrevo mais
do que a ideia quer
Não gozo mais
do que o prazer me concede

A ofensa não passa da garganta
A febre não passa do termômetro
A Alemanha não passa da Bélgica

Mesmo a perfeição
— grau mais elevado —
não passa da nota dez.

Em compasso de espera

Todos, sem exceção. Como se participássemos de misterioso jogo e fôssemos peças estrategicamente dispostas em tabuleiro, aguardando a Grande Mão que nos irá mover para onde lhe aprouver. Depois, será a vez de cada um responder ao movimento que lhe for determinado. Tempo de agir, tempo de esperar, pendulares sempre. Dá medo, mas é assim que o jogo funciona: destino e livre-arbítrio, destino e livre-arbítrio... A Grande Mão versus as peças no tabuleiro. Quem entende o propósito do jogo?

Em nossos silêncios

Sabemos de cor e salteado: por mais rótulos que nos ponham, nada nos define por dentro. Em nossos silêncios, tudo pode ocorrer e de modo imprevisível — é o que nos humaniza e nos nivela a todos. Um delírio lógico, um raciocínio desvairado, qualquer loucura cabe em nossas criativas cabeças. Por isso, é importante cumprir rituais cotidianos. O vestir a roupa adequada, o estender a toalha e o pôr a mesa. O dar de beber às plantas quando tenham sede. Os compromissos, as horas marcadas, o relógio, o calendário. É essencial essa ordem aparente das coisas.

Morre comigo

Bibliotecas pedem silêncio, hospitais pedem silêncio, igrejas pedem silêncio. Professor em aula quer silêncio, ator no palco quer silêncio, político em plenário quer silêncio. No reverenciar o luto, um minuto de silêncio. No auscultar o coração, um minuto de silêncio. No girar o segredo do cofre, um minuto de silêncio. No porão, quem tem medo e está escondido faz silêncio. Na emboscada, quem tem coragem e vai atacar faz silêncio. Atrás da porta, quem espreita e vai ouvir faz silêncio. Então? Não se preocupe que não há espanto nem censura. Siga seu caminho, seja feliz. O que sei sobre você, morre comigo. Será também silêncio.

Últimos dias em Washington D.C.

Domingo é uma dor inútil, um dia parado. Segunda, recomeça. Terça, a felicidade está perto. Quarta, não é bem assim. Quinta, nada faz sentido e me desespero. Sexta, crio ânimo, me recomponho. Sábado, sinto-me melhor, saio um pouco à rua e logo volto. Domingo é uma dor inútil, um dia parado. Segunda, recomeça.

Aos que chegam

Para os novos moradores, não muda nada. O sol manterá seu curso e baterá na sala pela manhã. O quarto do casal será sempre o mais silencioso e o de hóspedes terá a melhor vista. E, se abrirem as janelas da frente e deixarem a porta do corredor aberta, correrá uma brisa, mesmo no verão.

Para os novos moradores, o que realmente importa é o espaço livre que será ocupado com planejada felicidade. O resto são lembranças que foram embora com quem já não está.

Para os novos moradores, o vazio não é sinal de saudade nem de ausência. Ao contrário, é estímulo para sonhar e criar uma outra história. Mesmo que, precavidos, eles repitam o antigo gesto de mudar as chaves da porta.

Portas

Porta fechada não tem graça. É parede. Parede metida a besta. Parede com maçaneta, fechadura e chave. Porta encostada é parede indecisa, que às vezes vai e às vezes fica. Porta aberta, não. Porta aberta é vazio. Vazio que me deixa passar naturalmente. Prefiro esta finalidade nobre da porta: o vazio que dá acesso.

Janela é a irmã menor da porta — também abre e fecha, imita a irmã em quase tudo. É que a janela sonha em ser a porta quando crescer. Acho esse sonho uma bobagem. Cada um tem a sua razão de existir. Dizem que "quando Deus fecha a porta, abre uma janela", embora pensem que essa janela seja saída de emergência. Não é. O Criador não gosta de pulos e sobressaltos. Janelas servem apenas para mostrar o mundo lá fora, enquanto se trabalha para que a porta seja aberta no momento certo.

Um dia é da caça

Com a ajuda da chave
tranco sempre a porta
e vou embora

Hoje
com a ajuda do vento
a porta bateu
trancou a chave por dentro
e me deixou de fora

Oscilações

Acreditamos que tudo o que excede o permitido é prejudicial à saúde. Não é. Por contraditório que pareça, excessos e abstinências são extremos que, bem dosados, compõem o equilíbrio do corpo e da mente. Oscilação é uma coisa, desequilíbrio é outra bem diferente. É bom não confundir. Se bebi todas numa noite, se entrei firme na feijoada e no torresmo, oscilo para o outro lado com uns dias de comidinha leve, saladinha curativa e sucos naturais. Assim, vou me equilibrando, pronto para o próximo saudável excesso.

Vida

Gostaria de viver o hoje como se fosse primeira folha de caderno novo e bem encapado. Caneta macia e bela escrita. O cabeçalho no alto, com o nome da escola, a letra caprichada. A determinação de mantê-la assim, redonda, caligráfica, os tês bem cortados, até a última linha da última página. Determinação nunca levada a cabo. Vida é professora que dita rápido. Não espera. Pode sacudir o braço já adormecido, pode pedir para ir mais devagar. Ela não ouve, não está nem aí. Ela imprime o ritmo. Acompanhe quem puder. Por isso, nossos humanos e infantis garranchos aparecem cedo.

Pôr os pingos nos is

É sempre saudável. Embora seja exercício que exija transparência e, sobretudo, que os dois lados estejam desarmados. Honestidade com faca nos dentes? É ferimento certo. Cuidado. Melhor deixar orgulhos de lado e tratar do que é da conveniência das partes: a paz, o entendimento.

Cobranças antigas, desencontros. Velhas rivalidades que vêm à tona, ciúmes, frustrações escondidas — em acertos familiares, nossos fantasmas voltam dispostos a tudo, tomam partido, influenciam as falas, o volume da voz. Não desanime nem se intimide. É assim que acontece com todas as tribos no planeta. Aflições ancestrais nos são igualmente repartidas, séculos e séculos a fio. Não importa a religião, a cultura, a raça, o sexo, a classe. Ninguém escapa à herança. De uma forma ou de outra, todos participamos da pancadaria generalizada que envolve os vivos e os mortos. Luta renhida entre o Conhecimento e as Trevas, entre a Liberdade e a Opressão, entre a Compreensão e a Intolerância e entre tantas outras forças poderosíssimas que disputam a nossa mente e o nosso coração. Tudo vive a se digladiar dentro de nós. E é por isso que precisamos de lucidez e serenidade quando — pratos limpos em boa hora — decidimos pôr os pingos nos is.

Caleidoscópio

Vida é caleidoscópio. De nada adianta girarmos o cilindro devagar. Tanto cuidado para quê? Quando menos esperamos, os cacos de vidro desabam uns nos outros e formam o imprevisível desenho. O bom é que o novo quadro faz esquecer o anterior. Sempre.

Interrogações e exclamações

Minha cabeça me prega peças com frequência. O fato curioso some assim sem mais nem menos. Aquele outro, por mais que eu queira, não se apaga nunca. A conversa velhíssima com o amigo já morto vem quando menos espero e me surpreende. O ressentimento surge do nada e me atazana. Secreto, confidencial, ostensivo — quem, por mais sábio e letrado, ousará organizar o arquivo pessoal? As tristezas por ordem alfabética? As alegrias por ordem cronológica? As amizades por ordem de chegada e de saída? Ou pelo grau de importância? Canseira inútil. Em que pasta ficariam os nossos sonhos, os nossos feitos, as nossas frustrações?

Tento entender minha aflição. Sim, porque só procuramos entender o que é ruim. O que é bom simplesmente vivemos sem mistérios. Se estamos com saúde, se realizamos um bom negócio, se é um bom filho, achamos que tem de ser assim e pronto. Os porquês só para o que nos desgraça e incomoda — questionários sem fim. Para o que nos alegra não há perguntas, só belas exclamações — vida que segue e nem nos damos conta. Na felicidade tudo faz sentido. O Universo torna-se simples e fácil como número de mágica que fascina.

Em momentos de perda

Melhor não remoer passado alegre, que é o que mais nos maltrata. Inútil colecionar felicidade. Mas o que posso fazer? É minha forma de reagir ao vazio e à saudade. Mesmo na desgraça, anseio por tudo o que é bom, belo e verdadeiro. E os sonhos, sempre presentes. Feito crianças, querem participar de tudo. Às vezes, chegam a ser inconvenientes, me cansam. Mas acaba que são eles que vêm para me dar algum sentido e me compensar a perda inexplicável. Maturidade, bom senso, ponderação, comedimento: nada disso presta quando a tragédia mete o pé na porta e entra falando alto, causando estrago — tragédias não são dadas ao diálogo nem se sensibilizam com sábios argumentos. Queixar-me? Nunca. O sofrimento não me intimida faz tempo. Mérito nenhum. Encarar a realidade é o menos difícil — jogo para principiantes. Em todas as espécies, racionais ou irracionais, de uma forma ou de outra, somos obrigados a lidar com ela — questão de sobrevivência. Quero é estômago para, apesar de tudo, perseverar no sonho. Quero é coragem para me aventurar nas infinitas realidades que me escapam, mesmo aprisionado a tanta carne, osso, sangue, nervos e vísceras. Aqui, por onde andamos, nossos olhos já estão acostumados ao desfile cotidiano de belezas e horrores. Novidade nenhuma. Faz parte do espetáculo no Paraíso Terrestre. Borboletas e ratazanas, miséria e fausto, salvamentos heroicos e covardes assassinatos, delícias e nojos, vaias e aplausos, gritos de bravo, gritos de Munch, tudo no seu devido tempo e lugar, tudo de repente, tudo misturado. Desde que o mundo é mundo, você sabe. Preciso é ter forças para me levantar, equilíbrio para dar o próximo passo, não encontrar o rumo e, ainda assim, seguir adiante. Que bússola ou estrela nos orienta? Civilizações já se foram e continuamos tão vaidosos e assustados quanto os ancestrais macacos. Não nos convencemos de que, nesta obrigatória andança coletiva, somos crianças sem escola, todos. No mistério, que diploma nos habilita? Que brevê nos autoriza o voo?

Apesar de tudo

A rotina do planeta segue da melhor maneira. Que desgraça consegue calar a orquestra? Duvido que haja. No pior revés, na mais severa provação, teremos sempre a voz no coro que resiste, o violino em solo apaixonado, o casal bêbado que rodopia com sapatos que duram. Com o tempo, e graças aos que teimam na alegria, a orquestra se recompõe, o salão se repleta novamente e os pares tornam a celebrar. As bandejas continuam passando. As dores também passam. A vida é festa. Vem comigo, vem.

Vozes

Sei muito bem que a voz é minha. Sei mesmo? Silenciosas, quantas vozes estão aqui para me orientar na decisão a ser tomada? Quantas, para me confundir? A graça será essa: o não saber de onde vêm as vozes e se o que elas dizem é confiável? Vozes que me sopram ideias ao ouvido. Ideias de todo tipo. Eu que me dê o trabalho de selecionar as que prestam. Será esse o estímulo de que preciso para buscar a verdade, perseverar no ofício?

O mistério dá gosto à trama de cada um de nós. Com ele, a vida é suspense: o impasse que pode se resolver agora ou mais adiante, a descoberta que causa espanto, a revelação que decepciona ou o êxito que reanima. É assim que, juntos, vamos vivendo histórias e virando a página nossa de cada dia. Conformados com os tantos tropeços e recomeços. Porque não sabemos direito que vozes são essas que elaboram nosso enredo e autorizam nossa biografia.

Segredos

Segredo é realidade escondida. Ou — peso maior — é sonho que não ousamos revelar. Nos dois casos, guardá-los por muito tempo é extremamente perigoso. Há o risco de se alimentar a imaginação, amargurar o que se esconde, seja na experiência vivida ou no desejo frustrado.

Eu achava que os segredos da velha senhora estavam todos reunidos na tal realidade escondida — fatos do passado que a comprometeriam e que, por essa razão, não deveriam ser trazidos à luz. Quando poderia imaginar que seus pesadelos secretos residiam justo em fantasias não realizadas? Para ela, o levantar a pesada pedra que havia posto sobre sua história significaria libertar todos os seus fantasmas: os mais cruéis, os do sonho não vivido.

O possível

Jovens, queremos o impossível, e isso é bom, porque o desatino nos dá preparo físico e fôlego para a realização de nossos sonhos. Adultos, aprendemos aos poucos a nos contentar com o possível — o sucesso possível, a saúde possível, a beleza possível, a ousadia possível —, e isso é bom, porque a moderação nos vai ensinando o desapego necessário para, chegada a hora, podermos deixar a vida, que é vigorosa e linda demais.

ESTES CISMAM

(e adianta?)

Entendimento é coisa complicada

Me aflijo quando não compreendo o que me dizem ou quando não consigo expressar meus sentimentos. Quando ouço uma língua estrangeira que não conheço ou quando me faltam as palavras certas. Me aflijo quando não alcanço a sensibilidade de um poema. Quando não tenho o conhecimento específico que me permite argumentar com o médico, o técnico ou o cientista. Me aflijo e me entristeço quando o fanatismo, o preconceito e a imposição de dogmas impedem o diálogo, a possibilidade de uma nova ideia. Então me recolho, me aquieto, ouço música — que traz menos risco de desentendimento. Notas musicais, combinadas, são mais acessíveis que os fonemas...

Sei que, muitas vezes, o corpo transmite melhor o que pensamos. O tato, o olhar, um simples gesto. Mas acredito que os sentidos ainda conseguem ser mais claros que o corpo. No pleno encontro dos sentidos, conversamos por horas e horas sem pronunciarmos uma única palavra. Você me entende?

Trabalhando a terra

Pego a pá e revolvo a terra assentada em mim. Revolvo esta terra batida, socada, unida, firmada por ensinamentos e esquecimentos.

Pego a pá e vou cavando, remexendo, trazendo à tona, arrancando raízes aos pedaços, mortas, desgrenhadas, soltando-lhes a terra grudada, descobrindo tiras e tiras de minhocas antediluvianas, libertando gravetos imprestáveis, cacos, pedras, tocos inúteis e os tantos restos e ossos enterrados.

Pego a pá e vou chegando ao meu fim. Abalando, lembrando, abrindo, sondando tudo o que há de escuro em mim.

Pego a pá e me finco.
Me reviro, me misturo, me desprendo.
Me livro do que já não presta e me cubro de algo novo que aprendi.

Assim, regado a suor e desapego, me rompo.
E insurjo em broto verde, rijo.
Parido de terra macia.
De mãos calejadas e unhas encardidas.

Leitura nova

A leitura acaba de nascer pelas minhas mãos! O livro aberto é todo entrega, me enche os olhos. Tanta esperança se põe em leituras recém-nascidas! Assim são os filhos, eu sei. Que histórias pretendem nos contar? Que companhia nos farão? Iremos juntos até o fim?

Seja como for, o nascimento de uma leitura é momento de esforço e expectativa — como todo nascimento. Milagre, hora solene que emociona. Em casa, em um café ou até mesmo no desconforto do metrô, é sagrado o lugar onde se dá à luz essa leitura.

Teimosia anciã

Mente quem diz que velho vive de memórias e jovem vive de esperanças. Eu vivo das duas. Memórias e esperanças temperam os meus atos, dão gosto ao meu presente. Agora, por exemplo, como qualquer rapazote ambicioso, sonho com um futuro brilhante à minha frente. Não perco tempo conjeturando se futuro distante, se futuro imediato. Futuro, ponto. Com todas as delícias e aflições do não saber. Com toda expectativa, com toda ansiedade daquele que, apesar de medos e dúvidas, espera o melhor. É isto mesmo. Confio, acredito, levo fé. Insisto em que a vida ainda me reserva belas surpresas. Só não cruzo dinheiro, porque cedo aprendi que a gente teima, mas não aposta.

Desapego

Lugares, coisas, pessoas. Para que tanto apego? Ilusão de posse. Questão de tempo, lugares se transformam, coisas se acabam ou mudam de dono. E, mais cedo ou mais tarde, de uma forma ou de outra, todo mundo se separa.

Por mais triste que pareça, me felicita pensar em desapego — que não significa desamor, absolutamente.

Desapego. O som me agrada. A palavra curiosamente me apascenta. É bem-vinda. Tem a ver com você, meu Amor. Você, que sempre me devolve à vida. Você, que me quer livre, independente. Você que se preocupa com minha autonomia de voo — meu fôlego para suportar as tantas ausências.

Você, meu impossível, inimaginável desapego.

Na hora extrema

Se nem pessoas centradas demonstram tanta firmeza, que dizer de mim, que já nasci sob o signo do devaneio e do desvio? Desde menino, vivo em planos paralelos — por mecanismo de defesa, talvez. É assim que sobrevivo. Religiões, aceito, mas não as tenho. Monges, sacerdotes, rabinos, pastores, médiuns e mães de santo. Oráculos, videntes e cartomantes. Respeito todos os que, por erudição ou intuição, ousam trabalhar como intermediários do Desconhecido. Mas meu caminho é bem outro. Falo como sonhador incurável que, bênção ou maldição, perambula entre o Olimpo e o Hades, bebe de todas as fontes e prova todas as águas que correm por aí, turvas ou cristalinas — todas em movimento. Água parada, nunca. E desse modo deverá ser até o fim. Fim? Que fim? O "morreu, acabou" dos ateus é bastante cômodo. A verdadeira paz eterna. Quem será capaz de inventar descanso maior? O *relax* definitivo! Meu receio é que, diante da complexidade da vida, a morte não seja desfecho tão primário e elementar assim.

Em horas de dor e perda, só a presença amiga nos conforta. Presença que não traga explicações, traga amor — que bem mais precioso nos poderia ser ofertado? Sofrimento inútil querer entender o que não está ao nosso alcance. Se, no estágio em que nos encontramos, o mistério faz parte da equação, usemos dos fantásticos recursos da poesia para lidar com ele. E formulemos criativas hipóteses para as nossas soluções finais. Com o tanto que sabemos, tudo vale. Do perpétuo nada às festivas bem-aventuranças! Democraticamente. Cada um com direito à sua explicação, à sua inspiração, à sua invencionice. Questão de fé.

Melhorou ou piorou?

Não existe nada mais aborrecido no mundo do que a ida ao oftalmologista para que ele nos avalie o grau dos óculos e escolha as novas lentes. Vejo-me como um burro velho e analfabeto que, diante de letras desconhecidas, é obrigado a reaprender a ler — exceção feita ao imenso E que sempre aparece no topo da cartilha e à linha logo abaixo com as letras mais fáceis de serem ditas. A partir daí, tudo passa a ser esforçada adivinhação. O médico, com aquele jaleco branco de professor primário, apontando com o bastão as ridículas letrinhas, e eu, aluno relapso que repetiu o ano, sendo submetido ao humilhante processo de salteada alfabetização: bê... tê... cê...? Não, cê, não... Espera aí, eu digo... quê!... dê, talvez?... Ah, desisto, não sei!

Depois desta primeira e lotérica avaliação, passo à fase dos testes com as lentes, muito pior e mais cruel, porque minha responsabilidade torna-se ainda maior diante da voz grave do homem de branco: assim ou assim? Esta ou esta? E agora? Assim ou assim? As opções parecem ser enfadonhamente as mesmas sempre, e todas péssimas! Não adianta ficar perguntando se melhorou ou piorou. As letras não mudam, doutor, os borrados é que diferem! Por favor, me dê a nitidez possível e sairei daqui feliz.

Chego a esta conclusão quando decido parar de avaliar as pessoas e a mim mesmo com graus comparativos. Tudo canseira inútil. Assim ou assim? Melhorou ou piorou? A receita é não nos darmos esse tipo de trabalho e nos conformarmos com a nitidez possível. Nós humanos não mudamos, seremos sempre humanos. Os graus de nossa humanidade é que variam. Uns até melhoram com o tempo.

O perdão dos banhos

O que o banho lava, a água leva pelo ralo. Sujeira que não volta. Imundície deixada para trás. Aquela, nunca mais.

Diante do espelho, o corpo limpo vê-se leve, renovado e pronto. Para o nosso conforto, capítulo enxuto e encerrado. Vida que segue, outra muda de roupa.

No dia seguinte, não nos lembramos mais daquele sujo, porque seguramente o sujo será outro. Que importa? Sabemos todos que o banho estará lá, à espera, para nos lavar quantas vezes for.

Deveríamos saber perdoar como os banhos, que nos limpam sem perguntas, por inteiro. E nos fazem esquecer o repetido sujo.

Memória

Se me perguntarem, não sei dizer o que comi ontem no almoço. Mas sou capaz de reproduzir diálogos inteiros da minha juventude. Gozado, isso. Vai entender. Memórias antigas? Nítidas, perfeitas, cheias de mínimos detalhes, cheiros e sons até. Fatos recentes? Coitados. Vão se segurando em mim como podem. Parecem aqueles personagens de cinema, cara de terror, agarrados no alto do edifício só pelas pontinhas dos dedos. Quase todos despencam. E pior: diante do olhar de alguém que os vê de cima sem um pingo de misericórdia. Uma coisa ou outra fica, é verdade. Meio desbotada, imprecisa, extremamente grata à mão do cérebro que a resgata. Nenhum critério de seleção. A bobagem, o cérebro retém. O notável, ele descarta. O recado é direto: chega de colecionar lembrancinhas da viagem terrena. Fazer o que com toda a tralha? Além do mais, com o correr ou o arrastar dos anos, não há fortuna que pague tal excesso de bagagem. Entendo perfeitamente os argumentos. Aceito sem queixumes. Só levo comigo o que a alfândega da mente deixa passar.

Que adianta?

Sabemos que, ao sonhar, transitamos sem esforço por lugares inimagináveis e vivemos experiências fabulosas. Diante de nossos olhos, mortos e vivos confraternizam ou se digladiam de igual para igual. Conversamos com amigos e parentes distantes, fazemos sexo arrebatado e sem culpas com quem quer que seja, atuamos em cenários que aparecem e desaparecem em um piscar de olhos. De um extremo a outro do infinito, nos deslocamos com a leveza de um afago, prontos para a loucura que vier. Somos trucidados pelo inimigo mais cruel e, até no pior dos pesadelos, saímos do martírio sem um arranhão sequer, porque, como nos desenhos animados, somos invencíveis. É natural que seja assim. Nada pede explicação. Nada nos espanta. No sonho, cabe o impossível. Universo portátil que, de tão fácil e perto, nos chega com o simples fechar de pálpebras. O problema é que, se no sonho dormido não temos o controle de nada — e é exatamente isto que nos liberta, delicia e descansa a mente —, no sonho acordado pretendemos ter o controle de tudo. É nessa ilusão infantil que reside todo o mal e frustração — pretender ter o controle de tudo, repito. Pura perda de energia e tempo. Sofrimento contínuo de quando estamos despertos.

Mais cedo ou mais tarde

Tudo deve voltar ao normal. A vida maior que a morte, sempre. *Ecce locus in quo habitamus* funciona assim de modo obstinado. Compreende-se, portanto, aceitarmos o inaceitável e seguirmos adiante, não importa o tamanho da perda. Não há como agir diferente, há? São os compromissos, as responsabilidades, o trabalho, a hora marcada. Engrenagem em moto-perpétuo. Quem partiu entenderá que a dor dos que ficaram foi de bom tamanho. Agora basta, página virada. E alívio, ainda que provisório — além dos deveres, os humanos prazeres até a próxima chamada.

Nossos corações batem

Mas apanham muito também. Ao pelejarmos uns com os outros, e com nós mesmos, eles nos acompanham e partem para o ataque, como pugilistas que se agridem e se abraçam de cansaço. Entre nossos avanços e recuos cotidianos, nos vão bombeando sangue para o corpo todo, até o inevitável desgaste que nos levará à lona, e à contagem de dez, que nos dará a chance de ainda nos pôr de pé, ou decidirá que não haverá mais luta.

Os filhos dormem em casa

Mais importante que o mundo, o país ou a cidade, é a rua onde moro. E muito mais importante que a rua é a minha casa. E mais que a casa são os quartos. E mais que os quartos são as camas onde dormem agora os meus queridos. Todos entregues. A outros universos? Aos sonhos? Ao nada? Comove-me observá-los assim tão de perto, tão indefesos e vulneráveis em suas intimidades. Que futuro os aguarda? Que histórias? Que amores pelo caminho? Que outras ruas, que outras casas? Que outras camas lhes darão aconchego? Em silêncio, peço aos Céus por eles. Todo cuidado para não os acordar. Depois? Saudade. Notícias que chegam. E a porta aberta sempre que quiserem.

Como e quando será o fim?

Curiosidade que sempre nos acompanha. Queremos desfecho digno para nossas vidas. Arremate sereno, indolor — quietude de areia que se esvai pela ampulheta, ou assim silêncio de vela que se apaga por leve sopro. Nada de adeus protagonizado com palavras de sabedoria até o último expirar — pobres mortais, não sonhamos tão alto. Sentenciados, pedimos apenas o que julgamos justo: final tranquilo para quem, bem ou mal, fez o dever de casa. Pronto, acabou. Se vem algo depois, é outra história.

Criação sem assinatura

A ausência silenciosa, plena, absoluta. Súbito, o cisco. O imprevisto cisco. O inopinado cisco que do nada caiu no nada. E ficou. Indício de tempo. Inverossímil materializado por culpa de ninguém.

E pensar que esperei a eternidade para ser francisco. Um imprevisto francisco. Um inopinado francisco metido nesta grande embrulhada.

Tantos olhos

Predestinados, ou mesmo por acaso, quantos olhos nos meus olhos se encontraram? Cuidadosos, quantos me vigiaram atentos noite adentro, e se alegraram comigo quando, de todos os olhares, eu ainda era o centro?

Mais adiante, mundo afora, quantos olhos se perderam nos meus olhos? Quantos me viram com amizade, raiva, inveja ou admiração? Quantos com desprezo ou com desejo? Quantos olhos me despiram sem que eu visse? E quantos me amaram sem dizer?

Quantos olhos me perceberam à distância ansiando por me ver de perto? E, por algum motivo, fingindo não me notar, quantos outros se voltaram para o lado? Quantos olhos, em grande susto, deram de frente comigo preferindo não ter dado?

Quantos olhos me olharam em partes que ninguém vê? Quantos me viraram pelo avesso, e foram embora sem lembrar o fim, o meio e o começo? Quantos tentaram me reconhecer de algum lugar ou tempo? E quantos, sem piscar, aguardaram ansiosos o que eu dissesse? Quantos foram esperança e se frustraram, quantos?

Quantos olhos — tantos, meu Deus — me foram apresentados com beijos, apertos de mão e muito prazer? Quantos desses se

foram para sempre ou voltaram a me ver? Quantos se emociona-
ram nas despedidas e brilharam a cada reencontro? E quantos,
mesmo ausentes, me viram nítido com saudade?

Quantos olhos me verão no derradeiro instante? Quantos me
acompanharão até o fim e, molhados, me dirão adeus? E depois,
eu já distante, quantos olhos, em alguma conversa, leitura ou
retrato, ainda me darão vida e saberão de mim? Que olhos, na
lembrança, serão os últimos a me fechar os olhos?

Sangue

Afluentes de um só rio somos todos, eu disse a ela. Artérias de uma só veia que vai ter no coração: a veia artística. Criadores de nós mesmos, nos inventamos e reinventamos sem trégua, diariamente. A cada experiência, boa ou má, nasce um outro eu de nossa própria autoria. O talento é dado a todos sem exceção. Por instinto e vocação, todos nos concebemos, nos rascunhamos, nos passamos a limpo e nos apresentamos em público na versão que julgamos menos falha ou mais convincente. Depois, voltamos corajosamente para dentro de nós e labutamos. Tentamos nos emendar, nos corrigir. Cortamos aquela parte que nos incomoda ou não soa bem e acrescentamos algo que agora nos dá sentido. O que há de errado com nossa forma e conteúdo? Que dieta precisamos fazer, que ginástica, que corte de cabelo? Que livro nos falta? Que ousadia, que idioma, que habilidade? Que sentimento é preciso? Que carícia, que estímulo? Que mulher, que homem em nossa cama? Que figurino para festas? Que roupa para o enterro? Ninguém mais fala em luto fechado ou luto aliviado. A morte já não exige tanto. Nossa dor ficou um pouco mais leve e confortável, podemos usar jeans sem medo. Ao final, que diferença faz o sangue? Tantas questões por responder. Ser da família é ter o mesmo sangue? Então por que nossos pais têm sangues diferentes? Que fator Rh nos fará mais felizes? Que grupo sanguíneo nos reunirá de verdade para beber e cantar em torno da mesma mesa? Breve tocará o sinal e o Professor Deus tomará a minha prova. Tantas questões por responder. Afluentes de um só rio somos todos, acredito. Artérias de uma só veia que vai ter no coração. Bela missão esta que nos foi dada: a de nos criarmos e recriarmos pacientemente a cada dia. Sem que o sangue jamais nos suba à cabeça, é o que peço.

Corpo

O corpo sabe o que quer. Mudam as idades, mudam as vontades. O corpo é assim. Por isso, todo o tempo é tempo de saber do corpo. É fácil agradar o corpo, é simples. Um passeio, um sol bem cedo, um trabalho útil, uma ducha, uma roupa confortável, um cochilo, uma brisa fresca na varanda, um cheiro de lavanda, um suco de frutas. No diminutivo, extravagâncias também são bem-vindas: um cigarrinho, uma batidinha de limão, uma linguicinha frita. Pequenos mimos e ele já agradece. Meu corpo é meu melhor amigo. É ele que, embora cansado e cheio de limitações, ainda vai me levando devagarinho a todo canto, a toda hora. Com suas belezas e feiuras características, não me deixa um só instante, mesmo sabendo que um dia serei eu a abandoná-lo. Ele não reclama. Pouca audição, vista ruim, a junta que dói sem mais nem menos e aquele desconforto físico que não conhecíamos, mas que, ao final de algum tempo, passa a fazer parte do nosso cotidiano. Mais um incômodo que naturalmente incorporamos. É assim que acontece. Todos usamos e gastamos nossos corpos até o finzinho, enquanto nos convém. Depois, nossas elaboradas teologias nos libertam, nos levam para outras aventuras menos terrenas. Injustiça terrível. Nosso melhor amigo fica entregue à própria sorte. Nem um muito obrigado e já vamos embora, aliviados. Saímos de fininho, à francesa, até o dia do distante e pouco provável Juízo Final. Creio na ressurreição da carne, na vida eterna, amém? Tudo julgado, aprovado e carimbado em 24 horas? Tenho cá minhas dúvidas. Muita gente na fila de espera. Cada processo mais complicado que o outro. Ação cível ou penal? Onde eu apanho a minha senha?

Jesus é que fez bem. Infinitamente grato, levou o amigo de 33 anos com Ele. Não se importou com o peso, o sangue e os tantos machucados que lhe causaram. Levou tudo com Ele, assim mesmo com maiúscula. Quem vai embora e leva o corpo junto merece, no mínimo, uma maiúscula.

Consolo

Temporária ou definitiva, toda separação é liberdade.
Se causa dor, medo ou raiva.
Se traz insegurança ou alívio.
Se deixa mágoa ou saudade.
Não faz mal.
Separação é saudável recomeço.
Oportunidade de crescimento. Sempre.

Paz na Terra

O céu que vejo de manhã
é cor-de-rosa
de um sol virando na cama
para acordar

Pequenas nuvens violeta
Outras mais para o azul-claro

A estrela do pastor
segue o seu rumo

E os anjos
em ritual silêncio
fazem
com um beijo
a troca da guarda.

Saudade

Quero encontrar
todos os que se foram
bêbados de luz
cantando e dançando
em movimentos azuis

Quero abraçá-los
com força
por dentro
nos extremos do infinito
no mais íntimo firmamento

Quero ouvir Beethoven
e a nona música
girando límpidos
em perfeita acústica

Quero conhecer a Via Láctea
pelas mãos de minha avó.

Comunhão

José, concentrado na oficina.
Francisco foi dar de comer aos pássaros e ao lobo na floresta.
Maria conversa com Isabel — a visitinha de todo dia.
Pedro saiu para pescar e ainda não voltou.
Madalena chora preocupada com a hora.

Cecília está lá distraída no piano.
E Lázaro anda às voltas com os curativos.
Antônio, festeiro, se apressa para o casamento de uns amigos.
Clara prevê com alegria ensolarados dias.
E Tomé, de olhos fechados, piamente crê.
Assobiando uma canção, Jorge passeia com seu cavalo e o dragão.

No jardim, em meio a luzes e despojadas glórias,
João, Mateus, Marcos e Lucas, debruçados nas pernas,
escrevem suas histórias.

E Jesus, sempre prestativo,
estende a toalha para pôr a mesa do almoço
— certeza, portanto, de que caberemos todos.

ESTES FALAM
(para as paredes?)

Países e pessoas

Portugal, Itália, Espanha. Polônia, Alemanha, China e Japão. Síria, Líbano e Egito. Quantos outros desembarcaram nestas terras? E o Brasil? Por onde anda hoje espalhado? Países são pessoas. Todos têm nome, idade, temperamento, características físicas e morais. Pobres ou ricos, grandes ou pequenos, arrogantes ou simpáticos. Dão-se bem ou mal, cortam ou reatam relações. Assinam papéis, contraem dívidas, emprestam dinheiro. Tomam atitudes ou partidos, fazem amizades, mas também chegam às vias de fato e podem sumir, literalmente, do mapa. Pois é. Pessoas que são, os países nascem, crescem, vivem e morrem — longevos ou prematuros. Mortos, são geralmente lembrados mais pelo que tiveram do que pelo que foram.

Bom saber também que pessoas são países — quase mundos. Como países, lançam-se em grandes aventuras, promovem a paz ou a guerra em suas rotinas, sonham em expandir suas fronteiras. Algumas conseguem progresso lento e gradual. Outras, queimam etapas. A maioria acha injustas as regras do jogo, mas raras provocam verdadeiras revoluções em suas vidas. As pessoas também possuem lá seus ministérios. O orçamento é distribuído de acordo com as necessidades ou conveniências: saúde, trabalho, transporte... Mais e mais pessoas gastam suas verbas com segurança. A educação e a cultura, é pena, andam esquecidas.

Se países são pessoas e pessoas são países, o Brasil para mim é de carne e osso. Tem coração que bate. Tem sangue, nervos, vísceras. Tem cheiro. Tem olhos, boca, corpo que atrai à primeira vista. O artigo definido, masculino, singular convive com sua hospitalidade feminina, seu amor plural. Há tempos venho conversando com o Brasil. Digo a ele que a vida sem trabalho e ideal não vale a pena. Falo não como pessoa, mas como país que sou. Porque, como pessoa, o tempo é curto. A gente abre os olhos, o rosto está cheio de linhas, e a história, no finzinho. As luzes do espetáculo logo se apagam. Então, falo pelo país que há dentro de mim. Com todos os rios, montanhas e mares que há em mim. Porque, para os países, a Terra gira por mais tempo. Há mais chances de se repararem os antigos erros. A História é mais paciente que a Vida. Assim, se eu, nestes meus breves anos, não conseguir tempo bastante para ver trabalho digno para mulheres e homens todos, morrerei com a esperança de que, pelo menos o Brasil, em seus séculos, consiga ver trabalho digno nas cidades e nos campos todos. Ao fim, a vitória seria a mesma. Porque países são pessoas. E pessoas são países.

Em mim, tudo misturado

Eu não ligo e até gosto. Fazer o quê se sou branco, negro, índio e amarelo — o que vier na mestiçagem? Sou cristão e budista, batuque de candomblé com um pé na Torá e outro no Alcorão. Fazer o quê se sou brasileiro, terráqueo, solar, intergaláctico? Sou marmita e cem talheres na mesa, cristais e copos de plástico. Sou item de colecionador, produto descartável e figurinha carimbada. Fazer o quê se sou etiqueta e quebra de protocolo, reverência e insubordinação? Sou bermuda, sou chinelo, bata, paletó e gravata. Fazer o quê se sou churrasco na laje e lugar marcado à direita da dona da casa? Sou yin e yang, rosa e azul — fazer o quê se quero o melhor de cada lado, de cada parte? Sou posse e sou entrega, ponderação e arrebatamento. Fazer o quê se sou fissura e aconchego ao mesmo tempo? Razão e emoção que se beijam na boca e se entrelaçam sem vaidade alguma. Sou bússola que se orienta para o Oeste e se norteia para o Sul — ponteiro que não para quieto. Fazer o quê se sou multidão, mosaico desde feto? Caleidoscópio que gira e surpreende. Colcha de retalhos desencontrados, costurados por afeto. Dia e noite, sou virtude com defeito. Sou asfalto, praia e sou montanha. Rede, brisa, feriado. Lida, lupa, trabalho paciente — mandala que, depois de pronta, se apaga em um simples sopro sem apego ao que foi feito.

O sim e o não

Nossa língua tem coisas engraçadas. Exemplo? Aqui, no Brasil, não damos o sim como resposta. Damos o verbo. Você lembra o que aconteceu? Lembro. Quer lembrar mais? Quero. Sabe o que isso significa? Sei. E por aí vai, sem nunca pronunciarmos um único sim. Com a negativa é diferente. Dizemos não e pronto. Você lembra o que aconteceu? Não. O não é imediato, preciso, definitivo. O sim se omite. O não se impõe. Cismo. Se até no gesto o sim vem antes do não. O recém-nascido, primeiro, diz sim ao peito. Só depois, farto, diz não. Vou mais fundo e me dou conta de que o sim é movimento para cima e para baixo. O não é movimento para os lados. Por isso, para bem ninarmos um bebê, é preciso balançá-lo de leve com sins e nãos alternados. Ao se familiarizar com os dois polos, ele dormirá tranquilo. Vou adiante, descubro possibilidades. A paixão diz sim. A castidade diz não. A tentação diz sim. A virtude diz não. A saúde diz sim. A doença diz não. O esbofeteado diz não, o guardanapo na boca diz não, o pêndulo diz não. A freada do carro diz sim, os limpadores de para-brisas dizem não. As retas da estrada dizem sim. As curvas dizem não. A plateia de um jogo de tênis diz não. No futebol, o artilheiro tem de dizer sim e o goleiro tem de dizer não. Pois sim quer dizer não. Pois não quer dizer sim.

Tu e você

Tu e você embolados é mistura que muito me agrada. No passado, me incomodava, admito. Estranhava a combinação informal. Puro preconceito, reconheço. Fazer o quê? Sou do tempo em que teu era teu e seu era seu, tu era tu e você era você. Os dois juntos, nem pensar. Na gramática e na sociedade valia a mesma lei: pessoas diferentes não se misturavam. Era erro de tratamento que dava reprovação, o lápis vermelho não perdoava. Hoje, felizmente, acabou isso, acredito. O tu e o você, pessoas singulares e tão distintas, estão mais ligados do que nunca, com todo o direito de viverem felizes para sempre. Também aprendi que não há nada de mal em o tu e o você andarem juntos, e que o certo é eu cuidar da minha própria vida, em vez de ficar me metendo na intimidade de segundas e terceiras pessoas.

Palavra

Palavra mete medo, assusta. Toda palavra. A mais inofensiva, súbito, causa estrago. Uma combinação equivocada, um tom infeliz, uma vírgula precipitada ou omissa pode significar o desastre. Palavra machuca, deixa marca. Palavra mata. Palavra deveria ficar guardada bem no fundo, no alto dos armários. Longe do alcance das crianças. E dos adultos. Palavra é arma. É preciso ter porte para usá-la — porte e postura de quem sabe o que quer.

É preciso diálogo

Acredito no diálogo. Sempre acreditei. Mesmo no mais duro, no mais áspero, ponho a minha fé. Na busca sincera do entendimento ou do convencimento, admiro as falas de cada um. A palavra certa no momento exato, o xeque-mate. Ou o discurso equivocado, mas cheio de verdadeira paixão. O falar pausado ou o desmedir a voz. O adicionar o choro, o recorrer ao berro. O calar súbito que surpreende e o recomeçar no tom baixo que desarma. Reconheço até que o chutar o balde faz parte do diálogo. Permite às vezes que a conversa vá adiante. Tudo vale quando se quer chegar ao outro honestamente. Quando alguém me conta como se passou a conversa ou a discussão que não presenciei, dou tratos à bola. Fonte confiável ou não, quem leva adiante o que ouviu já estabelece um novo diálogo. A mentira deslavada, a mais pura verdade, o não foi bem assim. Quem conta um conto aumenta um ponto? Pode ser. Mas diminui também, ou omite, ou distorce pelo ângulo que vê. Luz e prisma se entendem com perfeição. Quantas cores no diálogo? Quantos tons?

9.876.543.210

Reunindo-se os diferentes algarismos, temos que o número 9.876.543.210 é o mais elevado que se pode conseguir, e, na função de completá-lo, o nove (algarismo de maior valor individual) é tão necessário quanto o zero (cujo valor por si só é nada).

Da mesma forma, enquanto indivíduos, somos algarismos de valores diferentes, mas, como partes vivas de um todo que se quer íntegro, tornamo-nos iguais e imprescindíveis. E, ainda que haja uma ordem estabelecida de precedência, o caráter essencial e não excludente que possuímos nos coloca lado a lado e nos nivela.

Sem nome e sem créditos

Me comovem as velhas casas que resistem bravamente à idade e ao tempo. Querem por que querem que a história continue — muito ainda por viver, garantem. Se contassem o que sabem... Tramas que antecedem as tantas famílias que abrigaram. Afinal, não foi por passe de mágica que se puseram de pé. Quantos dramas vividos pelos operários que nelas trabalharam? Nas paredes, quantas marcas deixadas pelas mãos anônimas que as ergueram? Quantas horas, quantos dias dedicados a elas por essas mãos? Mãos que reviraram marmitas e cimento, que, agarradas em precárias conduções, chegaram cedo ao batente e voltaram tarde lá para os seus lares — outras casas, com outras famílias e enredos.

As velhas casas conhecem muito bem o que se passou em seus pedaços de terra, do fincar dos alicerces aos detalhes de acabamento. Essenciais, cada prego e cada mão de tinta tiveram seu instante. Cumpriram missão. Portanto, bem depois quando chegaram, os moradores nada mais viram que o trabalho pronto. Somente o todo silencioso, perfeito e acabado. Obra primorosa dos que, sem nome e sem créditos, já haviam ido embora.

O matuto

Me confidencia que não acredita em nada disso de pobre, rico, feio, bonito, mau e bom... Para ele, só existem dois tipos de pessoas: os que reclamam e os que agradecem. É mesmo? E ele, enfático: é. É mesmo. Muito rico infeliz e muito pobre de bem com a vida, muita mulher bonita que é azedume e muita mulher feiosa que desperta paixão, muita gente saudável que não faz bom uso do vigor e muita gente doente que cuida dos outros. E por aí vai ele numa lista interminável de trastes e contrastes.

Na cadeira de balanço, fumando seu cigarrinho de palha, me fala em voz baixa que teria bons motivos para se considerar o homem mais infeliz do mundo. E outros tantos para alardear que é sujeito de grande sorte.

No vaivém da fala mansa, neste caminho de vida e morte, diz que nasceu com o cu para a Lua. E agradece e ri e pita e tosse.

A escolha é nossa, meu filho. Duvide não.

Em contabilidade

O sobrar
é tão errado quanto a falta.

O certo é o exato.

Portanto, se não fiz economias
e chego ao fim da vida
superavitário,
alguém visivelmente desfalcado
esteve pagando o meu excesso.

Cortejo

Os batedores
de moto
vão na frente
falando alto

Os batedores
de carteira
vão depois
falando baixo

Os batedores de gente
vão dos lados
calados (mal sabem falar)

Depois
aplaudindo-os de pé
descalço
os batedores de palma
que na realidade não passam de apanhadores

E apanham muito
sempre
em qualquer regência.

O figurino da moda

Terno de concreto armado
Camisa de mármore

Nó cego
na gravata de ferro forjado

Meias
palavras
Meias
verdades furadas sempre

Cueca que se faz de cofre
de aço inox

Alinhavos de conchavos
Costuras de dinheiro, usuras

Máscara de pau

Sapatos de cristal
pisando em ovos

— impossível sabermos quem vai aí dentro.

Lógica do impasse

De que valem todos esses seus convincentes argumentos
Se quem está com a razão sou eu?

Natureza morta

Os jardineiros.
Onde estão os jardineiros?
Onde estão os jardineiros com seus regadores?

Não me leve a mal, amigo, mas o canteiro é de obras. O tronco é
de ramais de telefone, a folha é de jornal, a copa é do mundo
e ao lado da cozinha, a raiz é quadrada e o fruto é o do vosso
ventre, Jesus, essa árvore não dá sombra!

Gramado, particípio passado. O verde não é grama, é tonelada
de gente com medo. Arranjos de soldados, nos campos concen-
trados, milhares de pés. Fileiras de pessoas caladas, aos montes
plantadas, nunca vi tantas mudas.

As pedras estão no sapato.
E os nervos à flor da pele em botão da camisa social.

Inconformado, você esbraveja, fecha o tempo.
Tempestade em copo d'água, último dia do ano.

Você chega à janela e vê que lá fora
começa mansa e depois mais forte
uma chuva boa, gostosa
de papel picado.

Poder

Cedo descobri que o que eu mais queria na vida era o poder. O poder estar sempre com as pessoas que eu amo, o poder andar despreocupado pelas ruas, apreciar cenários, paisagens, bichos, gente que passa. O poder tomar outro caminho só porque naquela direção um verde me despertou a curiosidade. O poder trabalhar no que me alegra. O poder ser dono do meu tempo e fazer o que quiser sem precisar me aposentar. O poder estar sempre disponível para quem está perto e precisa. O poder ter certeza de que o abraço recebido é de afeto e não de interesse. O poder ser eu mesmo e envelhecer saudável. Céus, como ambiciono todo esse poder!

Não se pode servir a duas senhoras

À paz o que é da Paz
À guerra o que é da Guerra.

Mas a Guerra, rapaz,
da vitória quer os louros
todos para si
e os morenos!

Decepção

Diante do fato,
minhas certezas tremem de tiritar.

A tristeza não arreda pé.
E, ao me procurar por inteiro,
acabo me dando conta
de que a esperança
ficou no bolso da outra calça.

Violência na bela cidade onde nasci

Eu vi
rosas famintas
devorando rosas
com espinhos e tudo.

Rosas devorando rosas.
Rosas devorando rosas.
Tanto sangue, que a dor escorria.

Eu vi
rosas famintas
devorando rosas.
Maceravam e engoliam as pétalas, as folhas, os talos
com espinhos e tudo.

Rosas devorando rosas.
Rosas devorando rosas.
Tanto sangue, que a dor escorria.

As rosas vorazes choravam.
As outras, não.

Execução inútil

Dos vários disparos, um cumpre a finalidade.

O alvo humano, que era livre e móvel, cai. Arrasta-se pelo asfalto. Outro tiro. Nova dor. O alvo se contorce, ainda respira. Mais um tiro. E mais um.

O alvo, agora imóvel, pela força do que é certo se liberta. Suas ideias sobrevivem em outro alvo, livre e móvel, que se multiplica em outros tantos renascidos da verdade.

Impossível acertá-los todos. Inútil insistir, senhores.

O alcance da arma é a queda aparente. Nenhum tiro vai além. Nenhum.

Ressurreição

O trabalho sujo foi bem-feito.
O preço,
a mão e a arma,
o beijo, a cilada
e o jeito.
O jeito...

Onde estão as marcas,
as chagas no teu corpo?
Onde, os sinais do teu martírio,
a ferida aberta no teu peito?

Calaram-te.
E a morte por dentro é a pior morte.

Filho, o que fizeram contigo?

Sem ideais,
anda-se não se sabe por onde,
olhos no chão,
na pedra que viu, mas que não lembra,
na parede que ouviu, mas que também não sabe.

Procura-se, em vão, a liberdade...

Tantos crimes sem vestígios...
E a dor, assim, de quem fica
é a dor maior.

Grades, grades, grades...
Brotam como ervas nas minhas florestas,
nas minhas cidades.
Na mata,
no morro...

Mata...
Morro...

Morro a tua morte.
Morro a vida que teria sido tua.
Morro a tua ausência, o teu frio, o teu silêncio...

Mas outro filho virá em teu lugar, eu sei.
Outros filhos virão em teu lugar.
Muitos outros.
E, juntos, hão de mudar a tua sorte.

Eu espero.

Paciente, eu espero o terceiro dia.
E um quarto, um quinto, um sexto dia...
O tempo que for,
eu espero.

Investida

Tempos de angústias e paixões.
Tempos dos Quixotes
e das tristes figuras.

Tempos das causas perdidas
que se querem ganhas.
Tempos de mudanças bruscas.
Tempos de andanças. De grandes buscas.

Gritar é preciso. Desembestar.
Contra os moinhos de vento.

Ora direis ouvir pipocas

Ouço a barulheira dos grãos
postos em cárcere.

Jogados uns contra os outros
se agridem
e se rebelam
e rebentam feito gente

— sementes germinadas
no alumínio
fundo escuro da panela.

De repente,
do atrito contínuo
faz-se a mudança
feito mágica.

Flores brancas
súbitas
de perfume quente
pelo fio sinuoso
da fumaça.

Flores doces
salgadas
servidas na hora
(não em buquês
mas em punhados).

Flores atômicas
nascidas do fogo
numa explosão
sem haste.

ESTES
SE
MOVIMENTAM
*(cada um
do seu jeito?)*

Sempre quis voar

Desde menino. Não de avião, não de asa-delta, nenhuma dessas geringonças. Queria voar por mim mesmo. Abrir a janela e alçar voo com o atrevimento dos pássaros. Adolescente, ousei ainda mais no sonho. Quis — insana idade! — voar acompanhado. Imaginei possível o voo de mãos dadas com alguém — o voo lírico das figuras de Chagall, noivos apaixonados nas alturas. Lá onde as roupas não pesam, os sapatos não pesam, nada pesa. O infinito à disposição da curiosidade dos amantes!

Velho

Velho é criança de fôlego diferente. Já não lhe interessam as correrias nos jardins, o sobe e desce das gangorras, o vaivém dos balanços. É tudo muito pouco. O que ele quer agora é desembestar no céu, soltar os bichos que colecionou a vida inteira. Os bichos todos — domésticos, selvagens, úteis e nocivos. Os pesados répteis que ainda guarda no coração e as borboletas, peixes e passarinhos, tudo solto lá em cima!

O novo

O novo é leve
de voar

O novo não tem o que rever
nem tempo de se deter
em qualquer coisa
que não seja mais fácil que sonho

O novo não carrega
o peso dos feitos de glória
nem o fardo dos remorsos

O novo
me puxa pela mão
desembestado
galgando de estalo o impossível
coração disparado
riso solto
em grandes projetos
de não levar nada a sério.

Na hora da partida

Ao me dar adeus como quem chega,
o outro menino
foi
sem saber
o meu apoio
o meu abrigo.

Jamais acreditou que amar
fosse separar
assim
tão facilmente
o joio
do trigo
— amigos de infância.

Em sua inocente alegria,
entendeu tudo
sem pegar no livro.

Pássaros e anjos

Invejar o pássaro? Claro que não. Prefiro ser como sou. Não tenho asas, mas também não tenho bico. Bem melhor é ter boca para beijar. Anjos parecem privilegiados. Não são. Asas e lábios para quem desconhece o desejo e o sabor do beijo? Esse, talvez, o pior castigo.

Fruto proibido

O teu andar
O teu cuidado
O teu olhar
— insistente

Sinto o teu cheiro
o teu gosto
Te vejo
Te ouço

A cada movimento nosso
procuro encostar-me em ti
mas não te alcanço

Nesse jogo de sedução aparente
quisera saber apenas
o que viste em mim.

Travessia

De repente, me vem a sensação de estar tentando alcançar a outra margem do precipício numa corda bamba. A imagem me fascina e aterroriza. Entre uma ponta e outra, a viagem obrigatória e o abismo. A vertigem, o medo, a queda livre: não me cabe saber se haverá. Tenho de avançar, ousar o próximo passo — é a minha vida. Levanto o pé de trás sem que o da frente note. Os braços abertos percebem o movimento, oscilam para um lado, travam rápido e compensam súbito para o outro. A corda balança, mas consigo passar o pé e firmá-lo adiante. Alívio temporário, respiro. Na hora de maior risco, aceito o ligeiro auxílio da cabeça e consigo manter o precário equilíbrio. Tomo fôlego, confio, tenho de avançar. Ousar o próximo passo sem nunca olhar para baixo...

Quem já não se sentiu assim ao menos uma vez? Você não pede, você não quer. A situação simplesmente surge inesperada. Retroceder não pode.

Que mau passo nos fará despencar? Que descuido? Que decisão equivocada? Cogitações inúteis. Só saberemos o que acontecerá na hora da travessia.

Com os pés na Terra

De que adianta
Ter os pés na Terra
Se a Terra
Os tem aqui no Universo?

Não, amigo
Não resolve segurar no meu braço
Nem cobrir com telhado
Nem ancorar no porto.

O chão está solto, amigo
Solto
E rodando firme aí no espaço.

Navios

O navio deixa o cais.
Vira o corpo. Devagar.
Faz espuma. Com cuidado.
Não há pressa.

Movimentos em câmara lenta.
Imperceptíveis avanços.
Lenços e acenos no convés.

O navio já vai pequeno.
Para alto-mar.

Feliz do que passa a vida a ver navios,
a afagar navios,
a bater-lhes no pescoço.

O apito longo e sereno. A bondade sem tamanho.
A mansidão dos navios.

Automóveis

Cães à espera do dono. De qualquer dono.

Na garagem
no estacionamento
no dia, na noite
no bom e no mau tempo.

Cães à espera do dono
que nunca tem hora para chegar.

A paciência, a boa vontade.
A devoção e a fidelidade dos automóveis.

Caminhões

Amarra
e desamarra.

Carrega
e descarrega.

Notas assinadas. Contas prestadas.

Peso no lombo:

Tubos, inflamáveis, mudanças, bichos, terra, dinheiro, lixo
— tralha de toda espécie.

Nos para-choques
às vezes
ensinamentos que divertem
e fazem pensar.

A humildade, a conformação. A sabedoria dos caminhões.

Aviões

De repente, chamada do voo. Embarque.

Partida autorizada. Alívio?

Cabeceira da pista. Tensão. Decolagem.

Terra que fica longe, terra que desaparece
— tudo muito rápido. Passe de mágica?

Para alguns,
medo, desconforto, suor frio.

Para outros,
tempo de trabalho ou de repouso.

Para poucos,
sensação de liberdade,
embora estejam trancados
— vá entender.

Terra à vista, trem de aterrissagem, pouso.

O barulho e a impaciência dos aviões.
A ansiedade, a turbulência interior. O exibicionismo dos aviões.

Trens

Dá um passo. Mais um passo.
Mais um passo no compasso.
Corre mais, mais, mais...

Um apito desinfeliz, desincontido.
Trem desembestado, desencantado. Predestinado.

Não sai do curso, não sai da linha, não sai dos trilhos.
Segue sempre. Perseverante, ritmado, querendo chegar.

Depois da estrada, no fim do caminho, outra estação.
E nada mais.

A obstinação e a tristeza dos trens. A dor que não passa.

Coletivo

O ônibus é meu santuário. Santuário que não para quieto, com farol e rodas. Aqui, não tem imagem de santo. Nem do Cristo. Tem janelas! O povo que vai sentado comigo neste santuário, ou vai mesmo em pé, amontoado um no outro, o povo neste santuário não se ajoelha. Aqui, não faz sentido ficar de joelhos. O povo quer é cumprir destino com algum conforto, alguma dignidade ao menos.

O ônibus é meu santuário. E de toda essa gente que fica esperando no ponto. Gente que vive fazendo sinal. Não o sinal da cruz, mas o gesto de esperança para o ônibus parar e ser o ônibus certo. Santuário que junta todo mundo na mesma fé, que é não se atrasar para o trabalho. Ou chegar bem em casa, descansar da lida insana, rever a família. E ficar um pouco à toa se possível.

Neste santuário, ninguém é obrigado a rezar. Um vai calado. Outro dorme. Outro puxa assunto, conversa. Outro encosta em alguém. Busca uma carícia, uma carência... E grande parte do povo vai mesmo olhando pela janela. Para ver o que acontece lá fora. Com todo medo, todo susto, todo cansaço, ninguém no ônibus se faz muita pergunta. Ninguém perde tempo com isso. Pelo menos aqui — sem ciência alguma — a gente sabe de onde vem, onde está e para onde vai.

O trocador

No primeiro dia, ele se achou importante. Ao lhe dar a carteira de trabalho, o patrão explicou que trocador é o encarregado de cobrar a passagem. Nunca esqueceu. Então, além de dar o troco, ele também seria o encarregado de cobrar a passagem. O cobrador.

É, ele acreditou. Hoje, dormindo ou acordado em seu posto, toca o serviço de qualquer jeito. Fazer o quê? Ninguém respeita trocador, não. E mexer com dinheiro dos outros, sem nada no bolso, é osso, responsabilidade demais. Quem se importa? Trocador está sendo substituído por cartão magnético. Alta tecnologia. Melhor que gente. Mais fácil. Fazer o quê?

O passageiro

Cobrar e dar o troco podia até ser um trabalho respeitado. Mas a gente passa a vida cobrando. Cobrando mixaria, cobrando bobagem um do outro. Cobrando, cobrando...

E depois, por qualquer coisinha, estamos sempre prontos para revidar e dar o troco.

Cobrar e dar o troco...

No fim das contas, a vida se resume nisso: cobrar e dar o troco.

Terminal

Ponto final é saída obrigatória, é fim de linha. Mas também, questão de tempo, é ponto de partida e recomeço. Outros passageiros virão para o embarque. Predestinados.

Esteira de aeroporto

As oportunidades giram na vida e as malas giram em esteiras de aeroporto.

Inútil querer acelerar o ritmo do desfile ou sair correndo atrás do que parece seu.

Também não é de se ficar assim descansado, a olhar para os lados de braços cruzados, como se nada fosse.

Seja apenas atento e paciente, que sua bagagem passa.

E ainda repassa, se for o caso.

Quem diria

Nós que éramos permitidos,
assim sem mais nem menos nos proibimos.
Com mil placas, avisos, atos e sinais.

Paixão controlada por radar:
os beijos na boca viraram aperto de mão.

Nada que exceda os limites da amizade,
certo?

O mais inacreditável
é que tentamos encarar a vigilância
com naturalidade.

Bom tempo

Uma guinada
na vida
na vidinha

Já é tempo
de sacudir os lençóis
de escancarar as portas e as janelas

A casa toda aberta
ensolarada
corrente de ar

E você arrumando tudo o que é seu
pegando tudo o que é seu
e saindo mundo afora
com a roupa do corpo
de mãos abanando.

Companheira de estrada

Companheira de estrada, ele cisma. Bela expressão. Companheira de estrada, sempre a lhe inspirar e instigar caminhos. Que estranho ser é esse que lhe preenche a vida muito além do sexo? Companheira de estrada. Carícia que lhe apascenta a carne e lhe dá conforto à alma neste misterioso e atribulado trânsito terreno. Ter alguém assim ao lado, ter alguém assim dentro dele é prazer que despreza as leis da física: dois corpos que ocupam o mesmo lugar no espaço, na cama, onde for. Companheira de estrada, a sua.

Quando eu me for

E me tornar algo que não sei, liberto da casca talvez,
algo que, pelos olhos da verdade, consiga se ver sem espelho!
Serei eu?

Se só me for possível amar os queridos que ficam
por sinais ou pela carícia invisível
— mãe a conversar com os filhos no ventre!
Serei eu?

Se me tornar algo reciclado e ainda provisório
— trabalho sempre em andamento! —
haverá palavras que traduzam o meu cansaço?

Que idioma, que louca procura, que oração serei eu?

Que poesia prevalecerá
e impedirá
que esse algo se desfaça no ar?

ESTES
LEMBRAM

(é o que
resta?)

Casamento

A cena predileta: o voo de costas do buquê de laranjeiras, a subida espetacular ao azul, o alvoroço das virgens e a queda vertiginosa das flores até as mãos daquela que era a cega de nascença, ali a única que não se acotovelou — nenhum mínimo gesto para alcançar a garantia de ser o próximo matrimônio. A sorte lhe chegou sem esforço, questão de segundos. Atônitos, todos silenciaram. Silêncio constrangedor. Quem podia esperar? Alguma revolta até. Logo ela. A que nem poderia apreciar a beleza que recebia. Por que então o branco das pétalas, o verde das folhas, o laço de fita feito com tanto esmero e arte? Tudo inútil, tudo perdido no breu. Nozes a quem não tem dentes. Então a moça cega sorriu cheia de luz porque o perfume e o tato foram mais fortes que a cor. Um aplauso solitário quebrou o espanto. Outros dois entraram em duo. E aí todos aplaudiram, até mesmo as decepcionadas pretendentes. Quem saberá do mérito? Quem ousará explicar o inexplicável? Alguma lógica há. Afinal, voo de costas não é voo cego? Os Céus operam por estranhos caminhos, e o buquê da noiva foi pousar nas trevas onde o amor se escondia.

Ainda menino, diplomata por covardia

Outubro de 1962. Recostada em sua poltrona, minha avó faz crochê. Perto dela, leio a manchete sensacionalista do jornal com foto que ilustra o bloqueio naval imposto a Cuba. A notícia fala da ameaça de uma guerra nuclear entre os Estados Unidos e a União Soviética. Fico ali, procurando possíveis saídas para a crise, o olhar fixo na imagem meio fora de foco e cinzenta dos navios de guerra: "Poxa, e logo eu que queria ser da Marinha que nem o almirante Nelson..."

Volto-me para minha avó, disfarço o medo e pergunto se todo mundo vai à guerra. Fico sabendo que, em princípio, sim. Primeiro chamam a Marinha, o Exército e a Aeronáutica. Depois, todos os homens que tenham feito serviço militar. Não me convenço, insisto: Engenheiros? Engenheiros. E os médicos, os advogados? Os médicos e advogados, também. Padre vai? Vai. Na última Grande Guerra, muitos deles até morreram em combate.

Desolado, não dou mais uma palavra. Minha avó parece ler os pensamentos que me afligem. Diz que se enganou, que nem todo mundo vai à guerra. Pulo com entusiasmo até sua poltrona, quero saber logo que profissão é essa! Os diplomatas. Os diplo... o quê? Os diplomatas, ela repete. E explica: são homens que durante a paz negociam o mais que podem para não haver guerra, e, quando a guerra é inevitável, fazem tudo para que ela acabe logo. São assim uma espécie de soldados da paz.

A partir desse momento, desisto da Marinha. Por covardia, não quero mais ser almirante nem me chamar Nelson. Acho bem melhor ser diplomata. Meu novo nome? Não faço ideia. Depois, eu escolho.

Cada um toma seu rumo

Meus irmãos, solteiros, eram uns. Casados, são outros. Também me vejo diferente agora que vivo acompanhado. Se mudamos por nós mesmos, misturados a alguém, mudamos mais. Para melhor ou para pior, nunca se sabe. Química que funciona? E o encontro? Me diz. Como se dá? Destino? Elaboradíssima dramaturgia divina? Graça obtida do santo casamenteiro? Ou uma seleção assim mais próxima de Darwin? Ou ciência nenhuma, mistério nenhum? Seja lá como for, matrimônios e patrimônios vão desfigurando a família. A transformação acontece naturalmente. O núcleo original se desfaz, surgem novos núcleos. E não há como manter os mesmos lugares à mesa. Todos se acomodam de outro jeito. Sei o que estou dizendo. Matrimônios pedem mães. Patrimônios pedem pais. Cada um toma seu rumo. "Quem casa quer casa bem longe da casa onde casa", canso de ouvir. Mas há sempre uma Páscoa, umas Bodas de Prata, um aniversário de número redondo que obriga a presença. E lá vêm os filhos, os agregados e suas proles. Quem está à cabeceira gosta da casa cheia, manda logo puxar mais aquela cadeira. Inútil o não precisa, o estou bem aqui. Há que se puxar mais aquela cadeira e pronto. Conversa vai, conversa vem. Você engordou. Você está perdendo os cabelos. Continua com espinhas, descuido, puro descuido. Meu Deus, essa menina cresceu! E você, um homenzarrão! Se vejo na rua, não reconheço. A voz está igual à do pai, impressionante. E os pés, já reparou? Não param de crescer. Os sapatos não duram mais que mês. Conversa vai, conversa vem. As comparações são inevitáveis. Quem arrumou o melhor par. Quem tem mais filhos e os mais bonitos, os mais inteligentes, os mais afetuosos. Quem lhes dá a melhor formação. Quem não os tem e o porquê. Quem prospera, quem marca passo.

Tudo rivalidade boba. Venha o que vier, bom ou ruim, a vida é festa. É mesmo? "Cada um no seu canto chora o seu pranto", canso de ouvir também.

A merecida liberdade

"Vai ficar aí o dia todo, sentado de braços cruzados?" — a mãe
o pôs de castigo. Castigo que ele não merecia. Para qualquer
um que perguntasse, ele deveria dizer: "Papai não está, saiu."
Não entendeu a ordem, o pai estava em casa, ele mesmo o viu,
lá dentro, no quarto dos fundos. Não importava. Tinha de dizer
que não estava. Tudo bem, não discutiu. Mãe é mãe. Voltou a
empurrar seus carrinhos pelo chão da varanda aberta que dava
para a rua. Azar o dele que, mais tarde, chegou o homem tão
íntimo que parecia amigo: "Oi, garoto, papai está em casa?" Ele,
feliz da vida com a visita, se esqueceu e disse a verdade. "Está,
sim. Está lá dentro, no quarto dos fundos." Azar o dele que o
homem não era visita, era o credor atrás de quem lhe devia há
tempos. Azar o dele que o pai era brigão, e o credor, também.
Azar o dele ter falado a verdade. Apanhou muito por ter falado
a verdade. Depois da surra, ainda ficou de castigo. "Vai ficar
aí o dia todo, sentado de braços cruzados?" A mãe já o tinha
liberado do castigo bem antes. Mas ele não aceitou aquela liberdade: uma liberdade assim do nada, de uma hora para outra,
sem mais nem porquê. A surra tinha sido injusta. O castigo,
também. Logo, aquela liberdade era falsa, não lhe inspirava a
menor confiança. Continuou ali, sentado no mesmo lugar onde
a mãe o havia posto. Só descruzou os braços quando quis. Só se
levantou da cadeira, muito tempo depois, quando quis. Ele
se deu a merecida liberdade.

Tão experiente aos seis anos

Não são só alegrias. Perdas, medos, dores. Desde cedo, já conhecemos esses avessos da vida. Infância: mudanças demais, explicações de menos. Vamos sentindo na pele os prazeres e desprazeres que nos são dados, ponto. Descobertas, aprendizados. O sexo? Para mim, já andava perto. Dele, sabia de ver e ouvir falar. Sabia que, para as meninas, ele chegaria quando bem entendesse, sem avisar e sangrando — a Tininha, minha amiga, me contou. Primeiro, elas sangram e se tornam moças e, depois, sangram de novo e se tornam mulheres — muito sangue para o meu gosto. Sabia que beijo de língua era sexo e que abraço colado de corpo inteiro também era sexo. Namoro escondido era sexo que os pais não deixavam. Homem e mulher casados na mesma cama era sexo que a igreja abençoava, e, se entrasse mais um no meio, já era pecado, mas era sexo também — sexo em dobro, que, quase sempre, acabava em briga e confusão. Neném na barriga da mãe era sexo que, em menos de um ano, ia começar a dar muita canseira e despesa. Pé esfregando pé embaixo daquela mesa do restaurante era sexo disfarçado. E a mão do Ronald escorregando devagar por dentro da blusa da prima também era sexo — de onde eu estava, deu para ver bem de perto, mas eu não contei a ninguém. Pombo perseguindo pomba era sexo, mosca em cima de mosca era sexo, cachorro cobrindo cadela era sexo — cenas eróticas que eu presenciei por acaso e sem cortes de censura, todas muito engraçadas. Enfim, tão pouca idade e eu, experiente, já conhecia muito bem o que era sexo.

Jogo de cartas

Posicionando os naipes em sua mão, o pai lhe ensina: a vida é arriscar no baralho ou comprar no bagaço. Optar entre o imprevisto e o jogo visto. Sorte ou furo, o melhor mesmo é acertar no escuro, buscar o curinga. O curinga é algo mágico, que vive escondido no meio das cartas. Para buscá-lo, é preciso mais tato que visão. Para pegá-lo, uma pitada de audácia e muita ginga. Depois, é vitória cantada, felicidade no ato, na mão. Ou decepção de quem descarta a fantasia. E espera, paciente, a nova rodada.

Isadora

Era uma mulher lindíssima, cheia de vida e extremamente sensual. Os homens se perdiam por ela, e algumas mulheres, também. Porque Isadora não tinha limites nem censura. Às vezes, se tornava uma irmã. Às vezes, me despertava paixão. Principalmente, quando cantava. Nos bares e em casas noturnas de péssima frequência. Mas ela não se importava. Dava-se bem com todos: marginais, mafiosos, bêbados, prostitutas e agentes de polícia. Sempre via o lado bom de cada um. Aglutinava, seduzia, criava laços de amizade. Dizia que era a única coisa que valia a pena: laços de amizade. Várias vezes fui à delegacia tirá-la de alguma confusão. Nunca o problema era com ela. Era sempre com algum desses amigos, que ela tinha ido defender. Quando saíamos do xadrez, sua frase invariavelmente era a mesma: "Valeu, Meritíssimo!" E eu, irritado, tinha de repetir: "Sou seu amigo, não sou juiz!" E ela insistia: "Mas é Meritíssimo!" E eu, no fundo, gostava daquele tratamento meio cafajeste, mas cheio de carinho e respeito, um coquetel que me atraía muito. Eu também sabia que ela me tirava dinheiro da carteira, dinheiro miúdo. Nunca falei nada. Nem precisava. Ela sabia que eu sabia. Isadora era completamente indiferente a qualquer tipo de moral, mas tinha uma ética que me desconcertava. Era dona e senhora de seu corpo, e seu espírito refletia isso. Ou melhor: era dona e senhora de seu espírito, e seu corpo refletia isso. Vivia dizendo que existiam apenas quatro pecados capitais: a inveja, a ira, o orgulho e a avareza. Para ela, a gula, a preguiça e a luxúria eram virtudes essenciais que, combinadas, levariam qualquer um ao Paraíso! No meu íntimo, sempre concordei com ela. Mas fazia exatamente o contrário: comia pouco, ficava muito sozinho e dentro de casa, e trabalhava até tarde. Sempre fomos unha e carne. Eu era a unha, e Isadora, a carne, é claro! Sinto saudade desse tempo. Muita saudade mesmo. Por onde andará minha amiga Isadora?

Leite derramado

Disse a ela que não precisava ficar com aquela cara de desconsolo. De nada adiantava chorar o leite derramado.

Você já botou leite para ferver, não botou? Já reparou numa coisa? Você fica ali, vigiando o leite, vigiando. E o leite, nada. Não sobe, já reparou? Você não tira os olhos da leiteira. E o leite não se mexe. Continua lá dentro, disfarçando, demorando, fazendo que nem é com ele. Mas no que você descuida, basta virar para o lado, ele entorna. Não é incrível?

Então, amiga? Você não pode se vigiar como se fosse leite que a gente bota para ferver. Ficar se martirizando por um descuido bobo que acontece de repente. Quem é que já não derramou leite na vida? Me diz. Se derramar, derramou. É só lavar a leiteira, limpar o fogão e pronto.

Amor e amizade

Qual a diferença? — eu provoquei. Amor é um só. Não se mede, não se gradua. Amor e amizade, amante e amigo são tonalidades, a cor é uma só. Amante é o que ama, da mesma forma que amigo é o que ama. O verbo é o mesmo. Quem diz que amou e passou a gostar nunca amou. No amor não há meio-termo, não há medida. Você já ouviu alguém dizer: eu amava a Deus e hoje gosto dele? Não faz sentido — brinquei. O amor de um verdadeiro amigo ou de um verdadeiro amante pode morrer, pode até se transformar em ódio. Mas diminuir, isso nunca.

Novos tempos, novos gêneros

O barão era proprietário de imenso castelo, mas vivia o dia inteiro enfiado em um cubículo — situado no extremo sul da ala oeste — onde assistia à televisão, jogava paciência e lembrava os velhos tempos. Às vezes, falava sozinho e olhava retratos dos antepassados. O resto não existia. Quilométricos jardins, galerias intermináveis, suntuosos salões completamente entregues ao pó e aos lençóis brancos.

O barão era um homem triste para a sua idade. Perdera o gosto por festas, mesmo pelas reuniões mais simples. Amigos, rarissimamente, por telefone. Criados, um (o centenário Jacinto, que já não dava conta do recado). Solteiro, único membro vivo da família, não fizera testamento. Seus bens, portanto, passariam ao Estado, não fossem o mal súbito da noite de quinta-feira, a visita do médico e a notícia inesperada de que estava grávido. Um bebê?! Sim, senhor barão, um bebê — confirmou seguro o doutor Egberto, que, nada mais a fazer, já guardava o estetoscópio na maleta.

Um passar bem, um acompanhe-o por favor até a porta, Jacinto, e o silêncio voltou a reinar na sala íntima, com o barão de camisola a se indagar, só faltava esta!, quem seria a mãe. Há anos vivia naquele cômodo, e os contatos com o mundo exterior eram o Jacinto, a janela, o telefone e a televisão permanentemente ligada. Assim, não foi difícil descobrir ter sido a criança concebida por uma imagem ao vivo de 23 polegadas.

Ao fim dos meses, nasce Nicomedes, "preparador da vitória", nome de origem grega. Parto normal, horário nobre, transmissão nítida e sem interferência. Confirmado o DNA, o menino cresce com traços do pai e da mãe. A combinação homem-máquina é nele tão perfeita que o torna um ser completo, capaz de reunir o espírito e a matéria, a emoção e a razão, o individual e o coletivo. Do barão, herdou o gosto por humanidades e artes. Da mãe, a tecnologia. Configurou-se em computador e evoluiu para a interatividade. Conectando-se com o mundo inteiro, criou infinidade de amigos.

O castelo, que vivia às moscas e cheio de grilos, muda de atmosfera. Ideais, belos projetos, planos grandiosos para o presente! E assim os anos passam. Extremamente orgulhoso do filho, o barão morre naquela mesma salinha. Jacinto morre dias depois. E a velha televisão, a partir daí um tanto desligada, apaga de vez. Nicomedes sente imensa falta dos pais e do centenário Jacinto. Mas nem por isso deixa de lado o entusiasmo, a motivação, o amor pelas Ciências e pela Natureza. Solteiro, único membro vivo da família, seus bens passariam ao Estado, não fossem as idas cada vez mais frequentes aos jardins, a paixão arrebatadora por uma jovem árvore de verde deslumbrante, os encontros às escondidas e a notícia inesperada de que estava grávido.

O fotógrafo

A fotografia reúne um grupo de amigos. Momento de euforia reproduzido no papel. Fração de tempo relembrada. Pedaço de felicidade colado no álbum. Felicidade tanta que hoje traz saudade.

Ninguém mais sabe o que houve antes ou depois da fotografia. Momentos excluídos, horas desaparecidas. Pouco importa mesmo o que se fez antes ou depois daquele instante. Estão todos longe. Outros destinos, outras vidas, apesar da teimosia da fotografia.

O fotógrafo fazia parte do grupo.
Quem terá sido?
O mais brilhante? O mais querido?

Sem ser visto, o mais presente, talvez.

Autor do registro,
o fotógrafo viverá para sempre
em sua paz escondida.

Lembranças guardadas

O jardineiro cuida do jardim. O mato toma conta. O que prefere o jardim? A memória do jardineiro que cuida ou a liberdade do mato que toma conta? Eu cuido da mente. O esquecimento toma conta. O que prefere a mente? A memória do velho que cuida ou a liberdade do esquecimento que toma conta? A memória pode ser bela, mas pesa, eu sei. O esquecimento é leve. Pode até ser alívio. Tantas histórias de família e de amigos se perdem. Para sempre? Para sempre. Nunca mais? Nunca mais. É triste? Muito. Para sempre e nunca mais são medidas de tempo que me amedrontam e, às vezes, entristecem. A memória afetiva do mundo vai se apagando, enquanto os dados do planeta cabem todos no computador. Não há nada que você possa fazer. É assim e pronto. Cada morte, seja lá de quem for, é acervo riquíssimo de experiências e sensibilidades que se queima. O incêndio é bom, é útil, é necessário? Falo da memória que emociona, não da memória que envaidece. Nos preocupamos muito com a perda desta última. Sentimo-nos humilhados quando esquecemos o nome do autor consagrado, o título do romance ou da famosíssima peça de teatro. Esta perda de memória, para mim, é lição de humildade. Mostra que a máquina aqui não tem jeito, é falha mesmo. Me faz bem à saúde, porque me vai aquietando o ego. Quero acreditar que com o tempo nos tornamos seletivos. Vamos retendo a informação que nos é importante. Os excessos, o cérebro naturalmente apaga. Mas a memória afetiva é diferente. Quando conto casos vividos por mim e por pessoas que me são queridas ou que me foram passados por meus pais ou avós, não aspiro à posteridade. Bem ou malfalado, meu nome não irá além de umas poucas gerações. Pretendo apenas cuidar do meu jardim. Depois, será a vez de o mato tomar conta. Mas tudo a seu tempo.

Coleciono alguns guardados preciosos que, quando eu morrer, serão jogados fora, porque só fazem sentido para mim. A memória material deles começa e acaba em mim. Só a mim eles emocionam. Só eu lhes estimo o valor. Mas algo me diz que, em qualquer casebre, apartamento ou mansão, haverá sempre uma caixa, pasta ou gaveta onde se esconde aquele papel de bala — que foi desembrulhada no cinema ao lado de quem nos despertava paixão. Ou o desenho da família mal colorido por fora, os bonecos de olhos esbugalhados, cabelos espetados de quem levou um choque elétrico e os garranchos "eu, papai, mamãe". Ou a rolha do champanhe de um Ano-Novo especial, o convite de formatura da afilhada, o ingresso para aquele musical com o número da poltrona 03. Ou o santinho de papel com a imagem de Nossa Senhora de Fátima que ninguém entende como foi parar ali, porque o falecido era ateu.

Fico cismando: o que aconteceria se nos fosse possível somar todo o amor que há nessas mínimas memórias guardadas em silêncio nos fundos das gavetas do mundo?

Pai de Todos

Eu tinha onze anos de idade. Meu pai saiu. Disse que não ia demorar, mas demorou. Demorou muito. Uma eternidade. Não eternidade no sentido próprio que a morte traz. Demorou uma eternidade no sentido figurado do meu coração saudoso. Pois bem. Meu pai saiu. Demorou. Uma demora longa de viagem longa, que ficou bem mais longa porque foi uma viagem sem postais, sem cartas, sem notícia de espécie alguma. Viagem que eu, meus irmãos e minha mãe queríamos acreditar que era viagem, mas nem sabíamos ao certo se era viagem mesmo. Viagem no sentido próprio que esta palavra tem. Decidimos — eu decidi — que era viagem e pronto. Minha mãe, por orgulho, dizia que era viagem no sentido "desaparecido", com direito a retrato dele nas caixas de leite, com aquele triste "visto pela última vez no dia tanto de tanto, vestia assim, assim e assim, favor contatar no telefone tal". Meus irmãos quase todos achavam que era viagem no sentido de "arrumou as malas e foi embora com outra" ou "arrumou outra e foi embora com as malas" — o que dava exatamente no mesmo.

Certa noite, na hora do jantar, para surpresa de todos — menos minha —, meu pai voltou. Ele entrou sem dizer uma só palavra. Estávamos sentados e, pela expressão de minha mãe, sentados deveríamos ficar. Todos o olharam com medo e raiva. Mais medo que raiva. Muito mais medo que raiva. Um silêncio que se recusava terminantemente a sair da sala. Até que minha mãe comentou: "Para quem só ia até ali e não demorava, devo dizer que você envelheceu um bocado!" Meu pai riu. Um riso iluminado. Ele sempre achou minha mãe brilhante. Aliás, isso era consenso lá em casa: todos achávamos nossa mãe brilhante. E o comentário dela foi brilhante mesmo. E eu a admirei naquela hora. E fiquei ansioso esperando a resposta dele. O que ele diria depois de ter rido? O que faria? Faria? É lógico que faria. A bola estava com ele. Era a vez dele. Todos ainda o olhavam com medo e raiva. Muito mais medo que raiva. E ele sabia disso. E isso lhe dava mais força e autoridade no erro injustificável. Injustificável? Não, nada é injustificável.

Meu pai andava devagar em torno da mesa. Todos ouvíamos os seus passos no chão de madeira. E eu o amei por ele ter parado ali onde parou. Ele parou atrás de mim. Eu o sentia. Eu não o via no sentido próprio do verbo ver. Mas o via no sentido da minha alma agradecida a Deus pelo retorno dele. E foi bom senti-lo assim sem precisar vê-lo ou tocá-lo. Eu sentia o seu cheiro. E eu podia apostar que ele estava de olhos fechados. E minha mãe me confirmou a certeza: "Essa sua mania irônica de fechar os olhos me embrulha o estômago." Meu pai era um artista perfeito. E, neste momento, ele deu sua primeira fala, com verdade de ator veterano, experiente: "A julgar pelos olhares, quem me entende aqui é o Chico." E então pôs as mãos sobre os meus ombros. E então eu me senti presenteado. E então todos, inclusive minha mãe, me olharam com raiva... só com raiva — que ali ninguém tinha medo de mim. Então meu pai repetiu com mais ênfase: "Quem me entende aqui é o Chico. Sei pelo brilho dos seus olhos. E só a ele responderei, se ele quiser perguntar."

Suas mãos continuavam sobre meus ombros e agora me apertavam com mais vigor. Aí, eu senti o peso, a responsabilidade e o prazer da iniciativa. Sem ter me mexido na cadeira, resumi minha saudade: "Você pensou na gente?" Segurei o choro. Eu não queria chorar. Não queria que a mesa confundisse emoção com fraqueza. E aí, aquele pai imenso das mãos pesadas me pegou e me virou da cadeira como se eu fosse um boneco de pano. Me segurando no ar, colocou o meu rosto bem perto do dele, o meu nariz quase na ponta do dele, e, olho no olho, agora no sentido próprio de olhar olho no olho, disse com um amor que inundava a sala e os quartos e a casa e as ruas todas: "Pensei. É lógico que pensei. Pensei muito. O tempo todo." E aí me beijou o rosto e me colocou em pé na cadeira, sempre voltado para ele.

"Você estava viajando, não estava?" Ele fez que sim com a cabeça. "Viagem de conhecer países e pessoas?" Ele tornou a fazer que sim. "Foi bom?" "Está sendo, Chico. Está sendo muito bom." Eu entendi logo onde ele queria chegar. Ou melhor, onde ele queria partir. "Você vai viajar de novo?" "Eu estou aqui de passagem." Aí, levei minha mão a seu rosto, passei-a de leve na sua barba e, olhando os meus dedos, eu disse: "Você não pode fazer isso. Você é o Pai de Todos. Você não é o dedo Mindinho, nem Seu Vizinho, nem Fura Bolo, nem Mata Piolho. Você é o Pai de Todos, entende? O Pai de Todos!"

Eu já não o via. A água nos meus olhos não deixava que eu o visse. Mas ele, com dois dedos feito limpadores de para-brisas, me escorreu a água dos olhos e me fez ver de novo: "Pai de Todos para você que ainda é menino. Mas, na vida, Chico, eu sou apenas o que sou: o dedo médio. Este é o nome real do Pai de Todos, o nome adulto: médio, entende?" "Acho que sim", respondi. Meu pai me olhou de cima a baixo. "Pensando melhor, você não é mais um menino. Você é um homem com apenas onze anos de idade. Já pode perfeitamente tomar conta de uma casa... ou viajar, se preferir." Então, eu senti a força do meu pai dentro de mim. Ele ali me emancipava, me libertava do conforto de ser apenas filho. Nos demos um forte e demorado abraço.

Depois, meu pai saiu. Da forma como entrou. Em silêncio. A família, órfã, voltou à refeição cotidiana. Seus olhos sempre presos aos pratos e à comida. Mas eu, não sendo órfão, eu tendo pai, mãe e irmãos, preferi viajar a tomar conta de uma casa. Fui para o meu quarto. E, com um sentimento de amor e gratidão à vida, comecei a arrumar a minha mala.

Casas geminadas

Penso no que esconderam aquelas paredes, no que se passou por trás daquelas portas. Penso no que causou o simples girar de uma maçaneta: o flagrante, a cena inimaginável. Qual o pior castigo: a dor dos pais ou o pavor dos filhos? Penso no que uma família é capaz de suportar e superar quando o amor prevalece. Na força transformadora do perdão, que liberta quem é perdoado e sobretudo quem perdoa. Penso na troca de comando que o tempo impõe a todos os lares. Num estalar de dedos, nossos filhos se tornam protagonistas e nós, os pais, com toda a experiência de vida, nos contentamos com papel menor. É assim e pronto — nada a fazer senão aceitar as regras do jogo.

Ponho-me na pele de cada um deles — pais e filhos — e não atiro pedra, que meu telhado sempre foi de vidro. Milimétrico vidro. Sei que em qualquer idade somos capazes de vilanias e gestos admiráveis, ponderações e arrebatamentos. Não temos a menor ideia de como reagiremos a determinada situação até passarmos por ela. Melhor, portanto, deixarmos de prosa. De dizer que faríamos assim ou assado. Tudo suposição. Se na teoria a mente dá as cartas, na prática, quando o sangue ferve, o coração é quem manda. Na ação, ainda podemos nos camuflar. Mas, na reação, somos sempre autênticos. Quem há de discordar? Somos feitos de carne, ossos e sentimentos contraditórios. Quebramos à toa, só que não temos coragem de exibir o aviso que sempre ajuda a evitar acidentes: "Cuidado, frágil." Preferimos correr o risco de nos espatifarmos em mãos alheias e manter as aparências. Fingir que o material é resistente e está bem embalado.

Dentro de casa é exatamente igual. Apesar dos tantos medos e incertezas que nos assombram, precisamos transmitir segurança aos nossos filhos, protegê-los de todos os perigos e ameaças. Devemos ser exemplo de correção e força para tudo. Aconselhamos, ditamos as regras: isto pode, aquilo não pode. Assumimos o papel de mais elevada autoridade com tamanho empenho e gosto, e o representamos tão bem, que acabamos por nos afeiçoar a ele. Passamos então a nos iludir — saudável mecanismo de defesa. O beijo inesperado, o abraço mais apertado e já acreditamos que, para nossos filhos, seremos sempre os atores principais, que o hoje é eterno e que em nosso núcleo familiar nada mudará. Ah, o que se passa dentro de uma casa e as reviravoltas do tempo! Os dramas e as comédias cotidianas, as peripécias que se urdem. Só mesmo achando graça. Tiramos um cochilo rápido e, quando abrimos os olhos, já somos meros coadjuvantes. Ah, os filhos! Ainda ontem eram crianças! Chegavam para perguntar... Para perguntar... o que mesmo? Ainda ontem... Meu Deus, ainda ontem não saíam sozinhos de casa! Ainda ontem é tempo que não acaba mais. O menino engrossou a voz, já faz a barba, diz que vai a uma festa e não tem hora para voltar. A menina menstrua, usa maquiagem, diz que vai sair com as amigas e não tem hora para voltar. Onipotentes, agora. Para eles, o futuro é ficção científica. Não têm nada a aprender com aqueles a quem davam a mão para atravessar a rua. E nunca envelhecerão, é claro — mas não éramos assim também?

Os pais? Morremos de vergonha quando pedimos a um filho para nos explicar algo no computador ou no celular. Tantos caminhos inesperados no mundo virtual! Tantos aplicativos, tantos atalhos e infinitas conexões! Nossos adolescentes se sentem o máximo, é lógico. Ainda não sabem que a tecnologia engana. Acreditam que é só tocar levemente a tela e, pronto, têm o comando! Pior era na minha geração. Achávamos que tínhamos o comando com uma simples máquina de escrever manual. Batíamos furiosamente nas teclas duríssimas — quanta força nos dedos, quanto vigor, quanto poder em nossas mãos! Grandes ideias nasceram, de fato, em textos datilografados, valiosos ensinamentos para as futuras gerações, mas já não era assim antes das máquinas? Ah, a tradição! Essa venerável senhora que, impiedosamente, nos obriga a passar o comando. De pai para filho desde não sei quando...

Quando será que a gente se dá conta de que não tem o comando? Os papéis se invertem de um momento para outro. É sem aviso prévio. O revés acontece, assim de repente, e a gente se dá conta de que não tem o comando. A doença que nos leva para a cama, assim de repente, e a gente se dá conta de que não tem o comando. Uma briga à toa, uma discussão por nada, a confiança que se quebra, assim de repente, e a gente se dá conta de que não tem o comando. A paixão que nos invade e enlouquece, alguém que se altera e se levanta da mesa, que sai de casa e bate a porta, assim de repente, e a gente se dá conta de que não tem o comando. O que terá sido? Onde foi que erramos? Que mal é esse que nos aflige e nos impõe novo silêncio em nossa bagagem?

De nada serve nos torturarmos com perguntas inúteis. Bobagem. Dissonantes ou afinados, pais e filhos somos chamados a seguir viagem compartilhando o mesmo tempo, dividindo o mesmo espaço, nos revezando no comando e nas histórias de nossas famílias. Alimentamos nossos bebês sem saber o que será deles e enterramos nossos mortos sem saber o que será deles e, ainda assim, celebramos aniversários e bodas, e mantemos alguma fé, uma esperança qualquer, e levamos a vida adiante — é nossa missão e sina. De pai para filho desde não sei quando... É também nossa luz, nossa força, acredito. Mérito que, a meu ver, nos redime de todos os erros. Porque encaramos nosso trágico destino com coragem — naturalidade até — e criamos certezas onde só há dúvidas. E, com engenho e arte, produzimos o bom e o belo, apesar de tanto sofrimento à nossa volta. Porque, insanos, espezinhamos nossos castelos de areia, destruímos o mundo inteiro — e a nós mesmos — quando nos sentimos ameaçados ou por medo. Porque choramos feito crianças e fazemos as pazes e reparamos os estragos sempre que possível. Porque, com panos e artifícios infantis, disfarçamos a decadência de nossos corpos e nos olhamos no espelho com vaidade. E, nas festas, velhos alegres e convencidos, ainda conseguimos sorrir e posar para fotografias. Porque mortais, ambicionamos conceber a eternidade e ansiamos por mais vida e mais vida e mais vida, tentando em vão prolongar o gozo — qualquer que seja ele. Porque órfãos de ciência que nos explique, recorremos à mágica e à poesia, que nos encantam e nos conduzem lisérgicas a paraísos fantásticos. Porque temos mil inventos e parques de diversões — com pipoca, maçã caramelada e algodão-doce! — que nos excitam e distraem e nos ajudam a suportar o insuportável. Porque, pais e filhos, damos gargalhadas contando e ouvindo piadas bobas. Porque trapaceamos no jogo e no amor e nos contentamos com tão pouco. Desde não sei quando...

Penso nas trocas de comando que presenciei em minha própria família — umas, com harmonia; outras, por desavença. Penso nos dramas pessoais vividos por meus pais, avós e antepassados, dramas que ficaram guardados com eles e foram embora com eles — pela união e para o bem de todos? Penso naqueles que hoje estão no comando de seus lares e, com suas limitações e talentos, protegem suas crias e carregam seus fardos como podem. Penso em você que me lê agora e que, bem ou mal, vai lidando com seus arquivos secretos. Penso, por fim, em todos aqueles que, mesmo postos à prova, resistem bravamente em suas casas — suas cascas —, me fazendo acreditar que, nesta breve e imprevisível aventura terrena, apesar das recalcitrantes interrogações e sonhos interrompidos, a felicidade é possível. E que vale procurar um sentido, vale resistir desarmado, vale aguardar a verdade, porque ao fim o amor sempre vence. Pode parecer ingênuo e até risível, mas é assim que acontece. Nos contos de fada ou na realidade — seja esta vida o que for.

Família é prato difícil de se preparar

São muitos ingredientes. Reunir todos é um problema — principalmente no Natal e no Ano-Novo. Pouco importa a qualidade da panela, fazer uma família exige coragem, devoção e paciência. Não é para qualquer um. Os truques, os segredos, o imprevisível. Às vezes, dá até vontade de desistir. Preferimos o desconforto do estômago vazio. Vêm a preguiça, a conhecida falta de imaginação sobre o que se vai comer e aquele fastio. Mas a vida — azeitona verde no palito — sempre arruma um jeito de nos entusiasmar e abrir o apetite. O tempo põe a mesa, determina o número de cadeiras e os lugares. Súbito, feito milagre, a família está servida. Fulana sai a mais inteligente de todas. Beltrano veio no ponto, é o mais brincalhão e comunicativo, unanimidade. Sicrano — quem diria? — solou, endureceu, murchou antes do tempo. Este, o mais gordo e generoso, farto, abundante. Aquele, o que surpreendeu e foi morar longe. Quem poderá dizer por onde anda? Ela, a mais apaixonada. A outra, a mais consistente. E você? É, você. Como saiu no álbum de retratos? O mais prático e objetivo? A mais sentimental? A mais prestativa? O que nunca quis nada com o trabalho? Seja quem for, não fique aí reclamando do gênero ou do grau comparativo. Reúna essas tantas afinidades e antipatias que fazem parte da sua vida. Não tem pressa. Eu espero. Já estão aí? Todas? Ótimo. Agora, ponha o avental, pegue a tábua, a faca mais afiada e tome alguns cuidados. Logo, logo você também estará cheirando a alho e a cebola.

Não se envergonhe se chorar. Família é prato que emociona. E a gente chora mesmo. De alegria, de raiva ou de tristeza.

Primeiro cuidado: temperos exóticos alteram o sabor do parentesco. Mas, se misturadas com delicadeza, essas especiarias — que quase sempre vêm da África e do Oriente e nos parecem estranhas ao paladar — tornam a família muito mais colorida, interessante e saborosa.

Atenção também com os pesos e as medidas. Uma pitada a mais disso ou daquilo e, pronto, é um verdadeiro desastre. Família é prato extremamente sensível. Tudo tem de ser muito bem pesado, muito bem medido. Outra coisa: é preciso ter boa mão, ser profissional. Principalmente na hora em que se decide meter a colher. Saber meter a colher é verdadeira arte. Uma grande amiga minha desandou a receita de toda a família só porque meteu a colher na hora errada.

O pior é que ainda tem gente que acredita na receita da família perfeita. Bobagem. Tudo ilusão. Não existe "Família à Oswaldo Aranha", "Família à Rossini", "Família à Belle Meunière" ou "Família ao Molho Pardo" — em que o sangue é fundamental para o preparo da iguaria. Família é afinidade, é "à Moda da Casa". E cada casa gosta de preparar a família a seu jeito.

Há famílias doces. Outras, meio amargas. Outras, apimentadíssimas. Há também as que não têm gosto de nada — seriam assim um tipo de "Família Diet", que você suporta só para manter a linha. Seja como for, família é prato que deve ser servido sempre quente, quentíssimo. Uma família fria é insuportável, impossível de se engolir.

Há famílias, por exemplo, que levam muito tempo para se preparar. Fica aquela receita demorada, cheia de recomendações de se fazer assim ou assado — uma chatice! Outras, ao contrário, se fazem de repente, de uma hora para outra, por atração física incontrolável — quase sempre de noite. Você acorda de manhã, feliz da vida, e quando vai ver já está com a família feita. Por isso, é bom saber a hora certa de abaixar o fogo. Já vi famílias inteiras abortadas por causa de fogo alto. Enfim, receita de família não se copia. Se inventa. A gente vai aprendendo aos poucos, improvisando e transmitindo o que sabe no dia a dia. A gente cata um registro ali, de alguém que sabe e conta. E outro aqui, que ficou no pedaço de papel. Muita coisa se perde na lembrança. Principalmente, na cabeça de um velho já meio caduco como eu. O que este veterano cozinheiro pode lhe dizer é que, por mais sem graça, por pior que seja o paladar, família é prato que você tem que experimentar e comer. Se puder saborear, saboreie. Não ligue para etiquetas. Passe o pão naquele molhinho que ficou na porcelana, na louça, no alumínio ou no barro. Aproveite ao máximo. Família é prato que, quando se acaba, nunca mais se repete.

A casa essencial e quando chegam os que amamos

Cinco anos eu teria, minha avó me fez desenhar uma casa. Comecei pelo quadrado. Depois, com o maior cuidado, pus o triângulo em cima. Quando eu ia fazer a porta e as janelas, ela segurou minha mão. A casa estava pronta.

Pronta?! Prontíssima, aprendi ali mesmo.

O quadrado era o chão, a Terra,
os quatro pontos cardeais.
O triângulo era o teto, o Céu,
as três pessoas da Santíssima Trindade.

Unidos pela mesma linha — a do afeto —,
o quadrado era a base.
O triângulo, a proteção.
Essa, a casa essencial que nos abriga.

Então, depois de tudo arrumado,
algo mágico acontece quando chegam os que amamos.

Ah! Quando chegam os que amamos!

Céu e Terra se misturam e nossa casa ganha vida!
O tijolo é carne, o cimento é pele!

E o que a mantém de pé não é mais vigamento de ferro,
é estrutura óssea!
Nela, tudo respira, tudo transpira, quando chegam os que amamos!
As portas têm bocas que beijam
e as janelas têm olhos que se alegram!
O coração? Corre solto e acelerado por toda parte —
bicho feliz a saciar-se em abraços!

Ah! Quando chegam, em nossa casa, os que amamos!

Tamanho de menino

Vindas lá da rua, vozes de crianças passam pela janela e entram em algazarra no meu quarto. Alegram-me. Roubam-me a concentração e o texto que viria. Que importa? Gosto da companhia passageira que me fazem. Vozes travessas que me quebram o silêncio e, quando se vão, o deixam intacto. Só o coração, tamanho de menino, fica aos pedaços de tanta saudade...

Nesta infância revisitada, aprendi que não adianta olhar para cima, chamar pela mãe ou o pai, esticar os braços. Os brinquedos mais bonitos estarão sempre guardados no alto da estante. Lá, na última prateleira, onde a inteligência não alcança.

A roupa do corpo

Livrei-me de quase tudo, afinal. Mas preciso ao menos da roupa do corpo para seguir viagem. A roupa do corpo não é o pouco pano que levo pendurado em mim, apenas. Não, antes fosse. A roupa do corpo é também o que, entranhado na pele, já não se vê — os tantos panos que usei, anos e anos a fio. Os sentimentos vividos dentro deles desde que me entendo por gente. Os incontáveis disfarces e humores, ousadias e medos da infância, da adolescência e de bem depois... Sim, minha história escrita debaixo dos panos que enverguei. Portanto, mesmo leve, levíssimo — única proteção que vai comigo —, este pouco pano ainda me pesa. São lembranças que carrego. Cortes e costuras dos trajes que há muito não me servem. Contradição: porque, embora me rebele clamando por desapego e liberdade, reverencio o passado que, com bom talho, me deu feitio. Hoje, ainda sonho com o que me parece impossível: despir-me do que insiste em me disformar o conteúdo. E mais. Arrancar de mim o próprio corpo, dar-me a conhecer assim, sem ele, indumentária de carne que me veste — forro que me delicia e dói. Estranha e mutante indumentária que me foi dada ao nascer e que, do esplendor à decadência, há de me acompanhar até o fim. Para quê? Para depois, em gozo eterno, me expor impudente ao Desconhecido? Apaixonada entrega em outra pele? Será isso o Paraíso? O virtuoso êxtase?

Textos inéditos ou selecionados e adaptados das seguintes obras:

Contra os moinhos de vento (Poesia, 1978)
A casa dos arcos (Poesia, 1984)
Ressurreição Brasil (Cinema, 1994)
Casa de Anaïs Nin (Teatro, 1994)
Coração na boca (Teatro, 1997)
Unha e carne (Teatro, 2002)
O arroz de Palma (Romance, 2008)
Ponto final (Cinema, 2009)
Doce Gabito (Romance, 2012)
Os novos moradores (Romance, 2017)

Os dados sobre as referidas obras podem ser obtidos no site do autor: www.franciscoazevedo.com.

Este livro foi composto na tipografia Minion Pro, em corpo 12,5/16, e impresso em papel off-white no Sistema Cameron da Divisão Gráfica da Distribuidora Record.